痛快的日子

役にたたない日々

[日] 佐野洋子 著

闫雪 译

湖南文艺出版社
HUNAN LITERATURE AND ART PUBLISHING HOUSE

博集天卷
CS-BOOKY

目录
C o n t e n t s

1

2003 年秋 1

痛 快 的 日 子

完蛋了，这次是真的痴呆了。我觉得很对不起朋友。

× 月 × 日

早上六点三十分，醒了。

听说有些人一睁眼就能从床上蹦起来，真是难以置信。可这么早起来干吗呢？我在枕边一阵摸索，抓到了那本森达也的《从越南来的另一位末代皇帝》，迷迷糊糊地读了起来。我对越南的了解几乎为零，只从以越南战争为题材的美国电影，以及电视上那些关于越南的新闻中了解过一星半点的信息。话说回来，白人真是过分。史无前例地过分。

你们以为自己算是什么东西？

可脑袋昏昏沉沉的，火气才刚刚烧起来四分之一，我就又倒头睡下了。再次睁开眼睛的时候，时间已经快到八

点。我索性就这样赖在床上，看起了访谈秀[1]，笑得前仰后
合。有人假扮成有栖川举办了一场假婚礼，不知情的石田
纯一[2]还满不在乎地去了，留下了五万日元的礼金。忽然
之间，我不由得喜欢起了这位石田什么一，这感觉真不错。
趁着这份小小的好感，收拾好心情起床吧。

　　家里没有面包，今天的早餐就决定在咖啡厅解决。只
要走上个两三分钟，掏出钱便能吃到早餐，大都市，好棒。
我拿着自助餐盘缓缓走到墙边。靠墙的六张桌子中有一张
空着，我便在这张小桌子旁坐下，点起一支烟，打量了一
下周围。剩下的五桌客人竟也都是老太太。其中四人同我
一样，也在吞云吐雾。

　　大家好像都起晚了，等到这会儿才来吃早餐。所有人
看上去都是孤身一人。曾经，在巴黎偏僻角落的一家餐厅，
每次看到那位每晚都在同一个座位上用晚餐的老妇人，我
心里都会泛起酸楚。老妇人看起来年近九旬，戴着一顶绿

---

[1]　即 Wide show，一种日本电视节目形态，以播出社会新闻、娱乐新闻
等为主，其性质属于新闻节目与综艺节目的混合。
[2]　日本演员。

色帽子，浑身上下散发着一种专心致志到不苟言笑的气场。她脖子前倾，用尽全身的力量将肉切开，然后使出一股异样的力量将肉一口吞下。哪怕她一下子向前栽过去咽了气，我都不会感到奇怪。我的神经也跟着紧张了起来。

可回过神来时，我却惊讶地发现桌上只剩下一个如舔过一般干净的盘子。而老妇人则早已拄着拐杖，蹒跚地走出了餐厅。那身着大衣的背影消失在店外的灯光中。那背影就像倔强和孤独的象征，她仿佛走在通往死亡的道路上。不愧是肉食人种，不愧是欧洲人。在那时的日本，我还没见过如此吃肉的人呢。

不过，今天在这里吃早饭的这群老太太，越看越像我在巴黎遇见的那位老妇人。

我逐个打量，每个人都衣着整洁，搭配得当。一位七十岁上下的老太太穿着长裙，肩上披着淡紫色大披巾，有着一头漂亮的白色鬈发。用过餐后，她优雅从容地走出店去。她大概是某位在山手区域[1]工作的职员的妻子。

再看向一旁，是一位留着栗色短发，身穿黑色裤子和

[1] 日本东京高级住宅片区。

短夹克，读着文库本的老太太。大概是退休的职业女性吧。

　　坐在她旁边的是一个有着英国家庭教师气质的人，身着灰色紧身裙，上身是白色衬衫，衬衫外搭了一件毛背心，衬衫小小的圆领上镶着精致的蕾丝花边，领口还别了一枚浮雕胸针。如今已经不流行这种浮雕胸针了吧，实在是令人怀念的样式。

　　不过别人看我大概也会觉得我的打扮很古怪。牛仔裤搭配印度刺绣的上衣，脚上却蹬着在西友[1]花五百日元买的拖鞋。以前可没有像我这样的老太太。我大概浑身都散发着形单影只的气息吧。如果明天同一时间再来这里，我猜也会见到这些面孔。我们谁也不同谁说话。我心中不由得涌起一股力量。生活在这个史无前例的长寿社会中的我们，因为没有可以借鉴的生活方式，只能在黑暗中摸索着，尝试开发出老年人的吃早餐方式，然后自然而然地，再各自从中选出属于自己的吃早餐方式。

　　晃晃悠悠地走出咖啡店，我立马就把刚才吃的三明治

---

[1]　日本一家经营连锁超级市场及量贩店的零售企业。1980 年开发原创品牌"无印良品"，2005 年成为沃尔玛旗下的子公司。

的口味忘了个一干二净，也不知道是因为太过专心地观察那几位"老太太同志"，还是因为开始老年痴呆了。

我就这样又晃晃悠悠地向教堂走去。

以前，这里是一条热闹的商业街，如今却只剩下萧条又怀旧的气息。这份孤独感也是一种美。

路的尽头是一家鸡肉店。

对喽，这儿肯定卖新鲜的鸡架，拿鸡架熬点汤，用剩下的还可以冷冻起来。

"你好，请给我来些鸡架。"

"鸡架？鸡架卖完了。"

"这儿不是还有吗？"

"这些全都预订出去了。"

"欸？"

"我和你说啊，这些鸡架全都被餐馆预订了。现在哪儿还能买到没冷冻过的鸡架呀？所以餐厅都抢着要我家的货。"这个方脸大叔一脸热情，那热情里却透着一丝阴郁。他越来越自豪地吹嘘道："你随便去哪里找都行，就算是像西友、纪之国屋那样的大超市，也全都是冷冻的。"

既然他这么说，那应该是这样吧。

"嗯……一个都不能分给我吗？"

"今天是一个也不行。你买鸡架干吗？"

"熬汤。"我也想不出来鸡架还能做什么菜。

最后还是那句："卖完了。"

虽然大叔说卖完了，但我还不想放弃，就又开始在橱窗里搜索下一个目标。鸡肝油光发亮，很紧实，看起来很好吃。

"给我来五百日元的鸡肝吧。"

大叔一边往塑料袋里装着鸡肝，一边问："买这么多鸡肝干什么？"

"做鸡肝酱。"

"哦，那你做做看。我家的鸡肝可不像别人家的，用那些冷冻的鸡肝做出来的酱，口感都软塌塌的。"大叔之前那股阴郁的热情终于变得明朗了起来，好像是要一头扎进他对鸡肉那无尽的热爱当中。

他一边找钱，一边叮嘱我说："周三上午，嗯……十一点半之前过来，我能给你留一两个鸡架。别忘了是周三哟，周三。"

"周三上午是吧。"

于是我就一路念叨着"周三，上午，周三，上午"回到了家。怎么感觉越来越像小时候帮大人们跑腿似的。难道我的智商已经退化成四五岁孩子的水平了？不过我清楚，四五岁孩子的脑细胞在不断成长，而我的脑细胞则在不断衰老死亡。近来，我似乎已经接受并习惯了这个事实，也不再悲伤了。

不过要是真有机会让我从四五岁开始重新活一遍，想想就可怕，可饶了我吧。

不是我炫耀，不，我就是在炫耀，我做的鸡肝酱绝对堪称极品。市面上卖的那些也配叫鸡肝酱？我的秘诀就是加一点点白兰地。我不喝酒，所以来看我时也别给我带葡萄酒什么的。带来了也是让别人沾光。但要是带拿破仑[1]来的话我会很高兴。我没试过往鸡肝酱中加拿破仑，很想试试看。很久很久以前，我做菜时倒了几乎一整瓶上等越乃寒梅[2]进去，我那个爱喝酒的老公大发雷霆。十多年来，他

---

[1]　法国白兰地。
[2]　日本酒的一种。

一想到这件事就暴跳如雷。我猜他现在还生着气吧。不过我丝毫没有反省，倒是嫌弃那酒鬼为了那么点酒发脾气，真是小心眼。

鸡肝酱的甜味来自炒得烂熟的洋葱。我可太清楚洋葱炒熟后会变得多甜了。有一次，为了做洋葱汤，我竟然花了四个小时来炒洋葱。一大锅白花花的洋葱经过四个小时的慢慢翻炒，变成了一团拳头大小的金黄通透的球。我稍微尝了尝味道，这简直就是甜点吧。甜得令人难以置信。我就那么站在灶台前，把那些洋葱全吃光了。事后想起我竟然在五分钟内吃掉了七八个洋葱，感觉自己也真是一朵奇葩。我居然把用来做汤的材料给吃了。

今天做的鸡肝酱火候稍微大了一点，有些焦了，不过无伤大雅，还是那么好吃。

我分了一半送到美美子家去，她一口吞掉了小蛋糕大小的鸡肝酱，直呼过瘾。我不禁提醒道："啊……要配着面包或者饼干之类的一起吃，不然对身体不好哟。"我还在酱里加了好多黄油。美美子明明在减肥，却毫不注意饮食。

我每次做鸡肝酱都会想起幽幽子。幽幽子曾是我朋友的女友。后来朋友跟幽幽子分手了。我和这个朋友关系很好，曾经跟他和幽幽子三人一起到海外旅游过几次。幽幽子是一个不折不扣的美食达人，吃东西时总是吃得特别香，能让人看得流口水。我的秘制鸡肝酱就是师从幽幽子。可是后来，他们闹分手，闹绝交，像是以我为震中发生了一场大地震。

在这场大地震中，我估摸着这下子完了，这两人怕是没有未来了。我毕竟是以恋人的朋友的身份和幽幽子交往的，他们俩一旦分手，我跟幽幽子的缘分恐怕也就到此为止了吧。对了，先声明一下，我和朋友之间没有任何不当的关系。必须抓紧时间，我赶紧给这位正遭受着"七级地震"的幽幽子打了电话。

"那个，教我做鸡肝酱吧。"

据说幽幽子当时惊呆了。后来，我听说她非常愤怒地跟别人说："这种时候竟然还惦记着鸡肝酱，没想到佐野是这种人。"听说她还对我朋友说："和你分手之后只有一件好事，就是再也不用跟佐野来往了。"看来在幽幽子心里，我就是这种人。十五年过去了，我仍然在做着幽幽子教的鸡肝酱。

　　还有甜菜根的做法，也是师从幽幽子。把甜菜整棵焯水，捞出来趁热在上面化上一块黄油，然后马上品尝，非常好吃。焯甜菜剩下来的水，那种鲜艳得让人难以置信的深红色，令我动容。

　　其实我还想学排骨配蔓越莓酱的做法，这件事若是被幽幽子知道了，大概会把她气疯掉吧。没错，我就是这种女人。但这事已经过去十五年了。如今我这个老太太的胃还消化得了排骨吗？

　　幽幽子做的菜总是丰盛又充满活力。吃过她做的菜我才明白，料理是有大方和小家子气之分的。有的人用小勺子精确无比地计量，束手束脚地做出来的菜，味道也小家子气；还有的人，做的菜虽然表面光鲜，尝上一口却味道寡淡，平平无奇。

　　话说回来，我自己究竟属于哪种呢？我的发挥非常不稳定，也做出过把自己恶心到吐出来的菜。这大概也反映了我不安分的性格吧。自从把幽幽子激怒后，我再也没有见过她。我虽有些过意不去，却还是在心中窃喜，幸好当时明知会激怒她，仍向她询问了鸡肝酱的配方。

　　每一次做鸡肝酱时，我必定会想起幽幽子。

　　冰箱里胡乱地塞满了各种吃剩的蔬菜。这当中唯一完
好无损的是一棵卷心菜。我从小就不喜欢卷心菜，尤其讨
厌加到味噌汤里的卷心菜，它会使汤汁有一股奇怪的甜味。
可是卷心菜从来都很便宜。味噌汤配炒卷心菜这样的搭配
也并不少见（甚至有时候晚饭会是茄子味噌汤配味噌炒茄
子）。配炸肉饼或炸猪排的卷心菜丝也是，在嘴里咔嚓咔嚓
地嚼着，如同针扎。我怎么都想不明白加了猪排酱的卷心
菜丝到底哪里好吃。但我还是会因为觉得不吃卷心菜对身
体不好而买卷心菜。

　　我做过熏牛肉炒卷心菜丝当早餐，可比起卷心菜，熏
牛肉和土豆一起炒会更好吃。有时我会用卷心菜、培根、
蘑菇跟肉末混在一起煮汤，可比起卷心菜，加白菜一起煮
更好吃。虽然这么想，但打开冰箱，看到的总是卷心菜。

　　我把卷心菜切成四份，用切丝器刨丝。用切丝器时，
我不小心把手指甲和指甲下面的一层皮削了下来，一阵剧
痛，只见血滴滴答答地流下来。哎呀呀，得赶紧贴上创可
贴才行。而被削掉的指甲和皮，我也放任它们就这样混在
了菜丝中。接着我又把不知是什么品种的红彩椒刨了丝，
然后是黄彩椒，别说，混在一起还挺好看。然后我把冰箱

里剩的一根黄瓜刨了丝，又把两个青椒也刨了丝。

我手头干着活，心里却开始给自己加起戏来：我看见那种早餐盘子里又是红彩椒又是黄彩椒的人就莫名来气。喜欢新鲜东西是吧!! 战后你们不也是吃加了卷心菜的微甜味噌汤过来的吗，别把过去的苦日子都忘了啊!! 特别是看到那些在小西红柿旁像煞有介事地摆上点欧芹的人时，我就会想，别以为用这么肤浅的摆盘就能糊弄老娘!! 话说只有这种人才会去买 LV（路易威登）、Celine（思琳）之类的牌子的奢侈品吧。

我就这样胡思乱想了好多完全没有关联的事，在心中一阵吐槽。不过想归想，对这种人，我嘴上还是会恭维："哇，好精致，简直像酒店里做的一样。"其实我觉得酒店的早餐很无趣。

保鲜袋裹着的半个洋葱也被我刨成丝了。此时碗中已经堆起了一座小山。我又发现还剩了半根苦瓜，于是把苦瓜也刨成丝放进了碗里。然后，我用两只手尽量将沙拉拌得均匀蓬松。其间，我又发现还有剩下的芹菜，就把芹菜也刨成丝了。好了，接下来要干什么呢？我捣了几颗蒜放进装醋的空瓶子，做了沙拉的料汁。我将拌好的沙拉装进大碗里，浇上料汁，大快朵颐了起来。原本有些担心苦瓜的味道，但意外地好吃。我事先做好了嘴巴里会特别苦的心理准备，这样一来，嚼着嚼着嘴里就充满了唾液，不知道苦味刺激到了口腔的哪里促进了唾液的分泌，令食欲也跟着大增。不像卷心菜之流，根本没什么味道嘛。吃饱后，我把剩下的沙拉装进大保鲜盒，放进冰箱。放进去之前，我又把不知什么时候剩下的半个苹果也切了，拌在了沙拉里。

晚上我看了纪录片《X 计划》。看到原来有那么多优秀的人坚守在自己的岗位上时，我忍不住落泪。今天的节目介绍了万博会的警卫们。听到那位忘了叫什么智朗[1]的人说出"××说'好嘞！开干吧！'"时，○○只是默默地点了点头"这句旁白时，我想，即便介绍的是路边卖烤红薯的大爷，也能赚到我的眼泪吧。不过，既然这个节目做得那么煽情，那我还是哭一下比较划算。

---

[1] 田口智朗，日本演员、导演。

哭过之后，肚子饿了，我就把保鲜盒中的沙拉又放到大碗里，拌上料汁吃了。这样今天的蔬菜摄取量应该就足够了吧。不过，要把这些全部解决，恐怕还得吃上五顿，算算至少还需要一天半的时间。

我把衣柜翻了个遍，却只找到一只皮手套。没有什么事比只找到一只手套更让我无法安心的了。这是那种无法刻意忽视的心烦意乱。向田邦子[1]曾围绕一只手套写了个艳情故事。其实没有另一只手套跟艳情完全不沾边，只是单纯的"没有"而已。"没有"可是一件很可怕的事情。仔细想想，莫不是忘在了去年的大衣口袋里？于是我又把所有的大衣都检查了一遍，意外收获了一条用过的手绢和两张对折两次的一千日元钞票。但就算收获了两千日元，我也依旧开心不起来。

祸不单行，我又发现大约一周前买的灰黑条纹围巾也不见了。明明是在找手套，为什么却注意到围巾也不见了踪影？想到这儿，我气得一头短发朝四面八方根根竖起。发现手套不见之后，戴着手套时的温润触感就一次次地浮现在双

---

[1] 日本作家、编剧。

手之上。还有那戴着围巾时脖子附近丝滑温暖的感觉，尤其是把下巴舒服地埋进围巾里的幸福感，最让我怀念。柜子的抽屉被我几次三番地推拉，发出咣当咣当的悲鸣。我看着被翻得乱七八糟的抽屉，顿时泄了气。我觉得胸口附近像被什么东西堵住了，仿佛遭了天灾一般，迟迟无法平静。事已至此，我瘫坐在地上半晌。可这么一直在地上瘫着也不是办法，我索性躺到了沙发上。

这时，威尼斯的街景浮现在眼前。

电影《战国妖姬》里阿莉达·瓦利为爱狂奔在夜幕下的威尼斯的身影，如同一阵强烈的旋风出现在我的脑海中。阿莉达·瓦利反复地在同一条漆黑的小路上兜着圈子。

随后，我又想起了《魂断威尼斯》中，在利多岛海边的椅子上，德克·博加德那流下混着染发剂的黑色汗水的前额。这个场景则是在一个阳光刺眼的白昼。

接着，那家我买过手套的威尼斯手套店从脑海中突然一闪而过。那是十五年前的事。那个用鼻尖看人的售货小姐，分明就是瞧不起我这个日本人。无论我买便宜货，还是买高档货，她那恶劣的态度肯定都没差。于是，我索性一咬牙，买了店里最贵的东西，就逃也似的离开了。

跟我同行的朋友还幻想着，去威尼斯的话，会碰到《夏日时光》里的罗萨诺·布拉齐，因此不停地在街上东张西望。

"你在日本都找不到男人，怎么可能在这儿逮到罗萨诺·布拉齐？"

我跟她几次三番地说道。唉，真是个聒噪又麻烦的女人。

我特别爱惜这副手套。一面爱惜着，一面在每次戴上时，又必定会想起威尼斯的售货小姐那瞧不起人的鼻尖。原以为手套不见了，那个鼻尖也会跟着从我的记忆里消失，可没想到唯独那个鼻尖从我丢失手套的不甘中独立了出来。

明天要立刻去买手套。变痴呆了还真是费钱啊。

桌子上有一个半干的橘子，篮子里还有四个橘子。我把每个橘子都切成两半，用榨汁机榨成汁。这种榨汁机虽然只能用于柑橘类水果，但并不是家家都有，是一位残障朋友送的，她说用这个榨汁机单手就能榨出柑橘汁来。她还说残障人士都能轻松使用的东西，健全的人用起来应该也会很方便。朋友送给我的那个被我留在了之前的办公室，所以搬到东京来的时候，有朋友说要送我礼物，我就要了这种自己一直想再买却又有些舍不得的榨汁机。很快，快递就把榨汁机送来了。我高兴又麻利地拆开包装，盘算着就放在厨房的飘窗吧。等走到洗碗池旁时，我呆住了——飘窗的位置上已经有一个全新的一模一样的榨汁机了。我完全忘记自己已经买过一个了。至少有两个月，每一天，我都能看到它好几次。想到这儿，后背的汗毛一根一根竖了起来，真是毛骨悚然。

有一次，两个洗好的咖啡杯离奇出现在冰箱里。不久，冰箱里又出现了洗过的擂钵和捣杆。当时我就觉得"我终究还是痴呆了吗！"，而这次显然更加糟糕。

我站在原地直接就哭了出来。完蛋了，这次是真的痴呆了。我觉得很对不起朋友。这时，脑袋里突然冒出来一个小聪明——干脆趁着还没止住哭泣跟朋友道歉吧。我边哭边拨通了朋友的电话。

"我跟你讲……呜呜……"

"怎……怎么了？"

"我跟你讲啊……呜呜……我真的痴呆了呜呜。你送我的那个榨汁机呜呜……我自己已经买过一个了呜呜。"

"啊？"

"明明就在眼皮底下，每天都会看到，我却完全没注意到呜哇……"

"……这种事情很正常啊，别放在心上。我在家里丢了菜刀，到现在还没找到呢。你是什么时候买的呀？"

"不记得了。"

"上次你不是一下子买了一大堆东西吗？厨房里的面包机啊、锅啊什么的。"

"嗯。"

"那怎么可能全都记得清嘛。"

"……"

"别往心里去。"

"抱歉。"

"没关系啦，我还以为是什么大事呢。"

她真好。

和朋友打完电话后，我一边喝着用榨汁机榨的橘子汁，一边看着《NEWS STATION》[1]。节目里，久米宏[2]每天穿

---

[1] 朝日电视台于 1985 年到 2004 年播出的新闻节目。

[2] 日本自由主播，原 TBS（东京放送）主播。

的西服都很讲究呢。久米宏自己肯定也知道自己头脑灵光，穿衣有型，这一点是无法掩饰的。

虽然还不困，但我已经摆出了睡觉的架势。

我接着读了会儿早上没读完的那本书。

我突然又想起今早咖啡店的那群老太太，不知她们晚饭吃了什么？

2003 年秋 2

痛 快 的 日 子

应该不会有多少人靠着父母的遗产生活一辈子吧，人都是要强的。

× 月 × 日

　　我七点半醒了，心情非常糟糕，预感今天将会是极其
郁闷的一天。身体没有哪里不舒服，也没有发烧，单纯是
心情烦躁。唉，真是无法想象那些一睁开眼就能生龙活虎
地从床上蹦起来的人是如何做到的。但想到这儿，我立马
跳起来，连滚带爬地冲下楼去。幸亏身上的这件价值一千
九百八十日元的大红色睡衣设计得像运动服。

　　垃圾，要倒垃圾。今天是回收不可燃垃圾的日子。收
垃圾的人会在八点准时来，分秒不差。一周就只有这么一
次机会。我家的不可燃垃圾多到令人难以置信。豆腐、鱼
肉、西红柿……现在无论买什么都会附带塑料包装。还有
盛肉的托盘、豆腐盒、铝箔纸、装药的密封袋、烟盒外的

玻璃纸、银箔纸、塑料绳、装鸡蛋的塑料盒，就连一把紫苏叶都要放在一个塑料盘子里卖。

我把昨晚分拣好整理到垃圾箱里的垃圾拎到家门口的道边。呼，我长舒一口气，总算是赶上了。我偷偷往四周望了望。还好没人。我这身大红色衣服只是像运动服，其实还是能看出是睡衣的，要是被人看到了那得多丢人。赶上垃圾回收之后，疲惫和烦躁的心情又回来了。回房的路上，我是拽着扶手一步一步把自己拖上楼的。我再次倒在床上，脑袋空空，就又琢磨起了垃圾的事。不可燃垃圾大部分都是食品的包装，外面那层垃圾比里面的食物还要多。

越是热衷于在家烧菜，家里的垃圾就越多。熟食买得越多，不可燃垃圾就积得越多。前段时间朵朵子来我家喝酒，喝醉了后，就一直重复说着同一件事：一定别把塑料袋往家里带，不然最后都会成为垃圾。

"买东西的时候，一定要带好购物袋!! 我一直都备着购物袋。但我老公每次去买东西，无论我怎么跟他说，他就是不带购物袋。购物中心地下的食品商场尤其夸张，每一家店都会给塑料袋，里面的东西也被裹得里三层外三层，他出去买一趟东西，能带回来四五个塑料袋。为什么男人这么讨厌购物袋？垃圾中就数塑料袋最多了!!"

　　说完，她一个劲地喝啤酒，然后上厕所去了。从厕所回来，她刚一落座，就又开始不停重复刚才的话题："为什么男人不拿购物袋呀，你知道吗？"随即，她又一次跑向厕所。这次她回来，从走到客厅的门那里时就开始一边说着"垃圾中就数塑料袋最多了"，一边走回座位。她的话，仔细听就能发现，完全就是在重复着一模一样的话嘛，顺序、用词、语气全都像是复制粘贴的一样。这种好像能看到她那醉醺醺的脑袋里的想法的感觉，还挺有趣。清醒时就超级耿直的朵朵子，喝多了之后就更加耿直了，她大概是觉得清醒时的耿直劲还不够吧。真是越放松就越耿直啊。

　　虽然都是些过去的事了，再怎么念叨也没什么意思，不过过去大家买油买醋，可都是要自己提着瓶子去打的。

　　小时候，我特别佩服店里的叔叔阿姨。他们会拿一柄小铜舀子，从特别高的地方把油拉成一条细丝线倒进瓶里，简直像变魔术。那丝线就像有生命般伸缩自如。

　　我还记得有些人家还会把包装纸折成四折叠起来，用纸绳捆起来，慢慢地团成一个大纸球。

　　喂，这些地地道道的日本百姓哟，现在要去哪里找你们啊？

　　我带着依旧糟糕的心情躺在床上，磨磨蹭蹭地不想起床。这时电话突然响了。

　　"干什么呢？"

　　"没干什么。对了，我跟你讲，我好像真的老年痴呆了。昨天我收到了银行卡账单，才发现我竟然在电器行花了十二万日元。可我完全想不起来钱都花在了哪里。可能是买了很多小东西，这么下去很糟糕啊。"我终于想起了从昨晚开始就让我郁郁不乐的事，借这个机会跟朋友倾诉一下。

　　"你呀，忘了吗？你买了冰箱啊。"朋友立刻回答。

　　啊，对呀。脑袋里的乌云一扫而光。

　　"我可比你还严重呢。我看了一下存折，有一笔六十五万日元的取款，但是我完全不记得这钱用来干吗了。"

　　"你呀你呀，是交了不动产所得税。"这回轮到我立刻回答。

　　"啊，对对对。"

　　为什么我们都把别人的钱花在了哪里记得这么清楚呢？脑袋里晴空万里，心情大好，于是我满心欢喜地起了床。

　　起来后，我倒了一杯茶，打开电视。肚子倒是一点也不饿。电视上正在播烹饪节目。有一个高挑的外国美女在教做菜。这位美女做菜很豪放，此时她正在厨房里来回奔走，大开大合地做着一份沙拉。

　　青菜只用水冲了一下，然后她开始握着菜叶子啪啪啪地来回甩水。水溅得厨房里到处都是。接着，她一边朝向摄影机说话，一边把菜叶粗略地撕碎扔进大盆里，其间一次都没有看过自己的手。所有食材她都只大概切了几刀，就通通扔进了大盆。她用压蒜器大力地压出做料汁需要的蒜泥，加醋和油时用量也都是凭感觉，最后咔嚓咔嚓地磨了些芝士加进料汁里。接着，她用两只手像舀水一样捧起菜叶拌匀，嗞的一声挤上料汁，再随便拌了几下，然后双手叉腰对着镜头莞尔一笑，说："锵锵，大功告成，很好吃哟。"看起来确实很好吃。对啊，做菜也是要有气势的。我也赞同这点。有机会我也来试试这种豪放的做法，说不定也能做出这种充满活力、大大方方的菜。明天继续看这个节目吧，看完感觉好像什么事都能轻松做到。日本人做事有时候太一板一眼了。

　　这么一想，我以前在一个烹饪节目（烹饪节目有很多，记不清具体是哪一个了）上看到过一道让人想吐的菜。那道菜的名字叫秋刀鱼橙汁烩饭。

用盒装的橙汁代替水，咕咚咕咚倒进放了米的电饭锅里，然后放入一条秋刀鱼，最后打开电饭锅的开关开始煮。等煮出橙黄色的米饭后，再把鱼肉跟米饭搅拌在一起。真是无法想象会是什么味道。

恶心，真的恶心。当时我满脑子只有这一个想法。就让我瞧瞧这道菜到底能有多恶心。

于是，我特地去买了秋刀鱼和盒装橙汁，自己做了一次。结果，味道意外地不错。妥妥的东南亚风味。

真的，酸酸甜甜的米饭跟秋刀鱼搭配刚刚好。要是最后再放上点香菜，味道应该能更上一层楼。于是，第二次做的时候我买了香菜，让朋友们也尝了尝我的这道菜。这道菜受到大家的一致好评。看了那么恶心的节目后，还真的去尝试做了的人，全日本恐怕只有我一个吧。

不过，我并没有打算每年都做这道菜。

我最初学会做的秋刀鱼饭，其实是父亲乡下老家的传统做法。

做法简单，只要把新鲜的秋刀鱼和蒜苗、米一起煮熟就好。因为淋上了酱油，所以煮出的饭是茶色的。饭煮好后，夹起秋刀鱼的头，轻轻一提，鱼肉和鱼肠就干净利落地被剥下来，鱼头和鱼尾之间只留下一条干净漂亮的鱼骨。从小到大，每次看到母亲用筷子挑出一整条头连着尾巴的鱼骨时，我都不禁屏住呼吸。接着，再用筷子把鱼肠里的小刺给剔掉。只是，后来我就再也没见过蒜苗这种东西了，只记得蒜苗很像中间有一条折痕的水仙叶子。

把煮软的蒜苗和秋刀鱼拌在一起之后，会有一股像蒜香，但不那么刺鼻的蒜苗的清香。

做菜用的蒜苗是在自家院子里种的。

来到东京之后，我也试过放姜、牛蒡，但对我而言，这些都不是记忆里正宗的秋刀鱼饭。

做烤香鱼有时会剩下一些，我就会放在饭里一起煮，再挤几滴柠檬汁，味道也好极了。

因为肚子还不饿，我就用冷冻的香蕉和牛奶打了杯香蕉牛奶喝了。把包着香蕉的保鲜袋撕下来的时候，我忽然意识到，啊呀，又制造垃圾了，真是对不起朵朵子啊。手上没现金了，看来得跑一趟银行了。于是我懒洋洋地换了一身衣服。

　　然后我懒洋洋地向青梅街道走去。

　　到银行时，自动取款机前面已经排起了长龙。虽说我并不着急吧，但还是有点烦躁。一位看起来比我还大一点的老太太正跟取款机进行着一番苦战。她一边按机器上的按钮，一边死死地盯着屏幕，随即又开始向四周打量，搜寻着银行的工作人员。接着，也不知道弄没弄明白操作方法，她又开始按按钮。看着她，就仿佛在看着自己。

　　前段时间，我慢腾腾地操作着自动取款机准备汇款。身后的年轻小伙"啧"地咂了下舌，换到别的机器前去排队了。

　　啊，能够自己去取钱的日子已经不剩几年了吧。

　　虽然动作缓慢，但目前我还能够自己成功取到钱，我还是要对此心存感激的。我把现金放进钱包，看起了收据。要看清楚收据，还得把老花镜拿出来才行啊。

　　啊。钱怎么只出不进啊。危险危险，必须得开始找点活干了。

　　我走在教堂旁的小路上，看着来往的行人。大家都一脸理所当然地把钱放在钱包里，每个人都在靠自己的方式

获得金钱用以维持生计。有的人靠别人养活，有的人自食
其力。应该不会有多少人靠着父母的遗产生活一辈子吧，
人都是要强的。

　　这条路是如此窄，如果我在这里倒下了，堵住了前进
的路，大家肯定也不会停下脚步，并且会直接跨过我的身
躯继续前行吧。

　　我心不在焉地走着，突然看到了传闻中的那对老太太。

　　一个人撑着一把蕾丝花伞，伞上叠着好几层褶边；另
一个人穿着像电视剧《大草原上的小木屋》里的劳拉那样
的围裙装。

　　两人正并肩走在我稍微前面一点的地方。啊，今天这
是何等的好运气。我打算超过她们，装作不经意地回头看
一下。就在我冒出这个念头的瞬间，两人转了一个九十度
角，拐进了荞麦面馆"满留贺"。我看了看时间，刚好中午
十二点。我是不会错过这次机会的——我也不知道自己为
什么会这么想，我又不是侦探。总之我赶紧跟着进了店里。
这是我第一次来满留贺，没想到店这么小。店里只有两张
桌子，几乎都坐满了，不过今天运气是真的好，恰巧就剩
她们两人面前的座位还空着。

"不好意思，我可以坐这里吗？"我刻意地打了声招呼。

两位粉色甜心[1]阿姨同时默默点了点头，我就坐了下来。

这可是坐在她们正对面了呢，我的乖乖。

接着两人又同时向同一个方向转头看向店员，异口同声地喊了声："来碗荞麦面。"

她们是不是每天都十二点准时来到这家店，点上一碗荞麦面，就这样过着有条不紊的生活呢？

我也赶紧点了份蔬菜天妇罗。才五百日元，便宜吧？

想到终于逮着机会能仔细观察观察这两人了，我有点激动。我仔细地看了看，一个人的裙子在胸口处装饰着一块布，整条裙子印满了小小的碎花。白色的罩衫上有很多褶皱，领子的一周都绣有蕾丝。而且这个人的头发真的像《大草原的小木屋》中的劳拉的母亲那样盘起来了。

另一个人留着娃娃头，围裙装的肩上镶着褶边，胸口处装饰着一块洁白的布，一身打扮真的是和劳拉一模一样。她简直就是上了年纪，头发白了一半的七十二三岁的日本

---

[1] 即 PINK HOUSE，日本服装品牌，以甜美的少女风格设计而闻名。

版劳拉。

两人不怎么说话，但我感觉不说话正体现了她们之间牢固的关系。两人就这样安静地吃着面，节奏一致，一转眼的工夫就吃完了。双胞胎，她们绝对是双胞胎。哪怕不是真的双胞胎，也胜似双胞胎。

转眼间，两人就悄无声息地走出了店。我好想跟出去，可是我的蔬菜天妇罗刚上桌。酱汁浓郁，天妇罗也是刚刚炸好的，真是让人食指大动。

这家店的料理的乡下风味，正符合我的口味。劳拉们原来也是吃荞麦面的呀。当然啦，因为那两个人毕竟都是日本人。

当觉得现实中不可能存在的人在现实中出现时，我不禁感慨万分：人的想象力还是输给了现实啊。

我一边感慨，一边走出荞麦面店。如果明天十二点来的话，说不定又能见到那对老太太呢。刚想到这儿，一个跟我一样壮的大妈骑着自行车从对面飞速朝着路中央的我冲来。这条路这么狭窄，我也只能走在路中央。再说，这条路也不是自行车应该走的路呀。我朝左边躲，大妈也朝左边躲；我小心翼翼地朝右边躲，大妈也朝右边躲。于是我又赶紧换成左边，大妈朝右边骑去。突然，她大声地斥责道："你在发什么呆！！多危险哪，真是的，别在路上愣神！你是不是脑子有病啊！！啧。"她的声音特别大，我被这声音的气势镇住，不由得脱口而出："对不起。"然后，大妈就飞速骑着车愤然离去，只留下我一个人在原地心烦意乱。

　　傍晚，我去了超市里的鱼摊。秋刀鱼鱼身饱满发亮，看起来特好吃，而且三条才卖两百日元。可是，我一个人怎么吃得了三条呢？但是才卖两百日元。这世上哪儿还有比秋刀鱼那银光闪闪的腹部更美丽的东西呢？

　　"请给我来点秋刀鱼。"

　　我还是买了。看到店里还卖片好的鲷鱼，我又开始想吃鲷鱼饭了。

　　"再来点那边的鲷鱼吧。"

　　一片就要五百日元。好贵，但我还是买了一片。

　　好嘞，该怎么做秋刀鱼呢？先在铺好海带的锅里摆上切好的秋刀鱼段，再剥一整个大蒜放进锅里，然后加入等量的酱油和料酒，用小火煮。我也不知道会做出什么样的料理来。大概过了一个小时，再揭开锅盖时，一锅味道浓郁的茶色秋刀鱼就大功告成了。

　　要是用电饭锅做鲷鱼饭，至少要加两小碗米。所以我用一人份的小砂锅，只需放一小碗米，加好调料，铺上鲷鱼片，点上火，二十分钟就做好了。我把米饭和鲷鱼拌到一起时，还发现了焦得刚刚好的饭锅巴。小时候，母亲把饭盛到饭桶里后，经常用剩下的饭锅巴给我做饭团。连那种焦到拿饭团的手都会变得漆黑的饭团我都吃过。那种饭团太硬了，简直能把牙齿硌掉，每次吃完之后，我感觉下巴都松了。

　　明明白天才吃过蔬菜天妇罗，晚上我就又做了红薯和茄子的天妇罗。因为冰箱里只有红薯和茄子了。我把皱巴巴的鸭儿芹焯了下水，做成了凉拌菜，又把剩下的腌萝卜装进小碟子，把所有的饭菜都放在托盘上。那么在哪里吃好呢？放着好好的桌子不用，我偏偏在沙发上盘腿坐下，对着电视机，吃了起来。拌饭果然还是用小砂锅做最好吃啊。

　　电视机肯定是我的家人，肯定是。

　　我拿着遥控器换了一圈频道，每个频道都是搞笑节目，好像整个日本都被那个吉本[1]给占领了一样。这次占领的影响，可比当年麦克阿瑟的那次还要深。不过，那些人是怎么做到一直都那么兴致勃勃、情绪高亢的啊？我好想钻进节目里对他们说："诸位，冷静冷静，都稍微安静一点。话说，敢问各位都是何方神圣？""你们总在那儿谈着自己小圈子里的话题，但是可别觉得全日本的人都是你们圈子里的人，那可就令人头疼了。不对，你们已经这么觉得了吧，这下日本以后该怎么办啊？"我继续转台，看到了卫星转播的美国新闻，再次大吃一惊。

　　有位半老的阿姨的妆容把我吓了一跳。不知道她是主持人，还是参加节目的嘉宾。她的眼睛周围涂了一圈漆黑的眼影，溜圆的黑眼珠就像浮在了眼白正中一样。原来，人的眼白有那么大一片啊。吃完饭后，我也试试用眉笔把眼睛周围涂成全黑吧。话说回来，她这妆可真够浓的。

　　夜夜子打来电话，我给她讲了我今天遇到那对神似双胞胎的粉色甜心老太太的事情。夜夜子说："啊，我的朋

---

[1]《吉本新喜剧》，日本搞笑节目。

友就住在你家附近。听说周围的确有一个非常有名的给人感觉轻飘飘的大妈，你是不是遇见她了？她好像被大家叫作'玛丽女士'。她身材很胖，经常穿着粉色或者红色的类似童装的衣服，脸蛋上涂着又圆又红的腮红，一整天骑着自行车到处跑。你遇到的两个人里该不会有一个是她吧？"

咦？玛丽女士？原来还有这样的人啊，好想见一见。

话说回来，"玛丽女士"这个名字是真不错。

晚上睡觉的时候，我突然想到在教堂旁的小路上碰见的那个骑自行车的大妈，真是越想越气，越想越窝火。明明在那么窄的路上骑车就是你不对。你把我撞了，应该道歉的人是你才对。叫我不要发呆？不要发呆的到底应该是谁啊！为什么当时我没有这么朝她吼回去，反而说了句"对不起"？啊，真是的，那时候这么吼回去就好了，我就应该吼回去。不，应该回她一句更狠的！我就这样带着一肚子的懊恼，睡着了。

× 月 × 日

美美子来了电话，邀请我去"乌托汤"泡澡。"乌托汤"
是车站前的一家澡堂，位于一条挤满了游戏中心、酒家、
便宜的药妆店的乱糟糟的街上。

整栋大楼都是这家澡堂的地方，里面还设有电影院和
餐厅。大楼整体上看起来有点脏兮兮的。进入大楼后，要
换上那种洗得褪了色的像穆穆袍[1]的上衣和宽松的短裤，女
士的是粉色的，男士的是绿色的，大家都光着脚四处转悠。
听说这里有"韩式搓澡"，我之前就一直很想试一试。朵朵
子说她曾经试过一次，搓出来的污垢有网球那么大，搓完

---

[1]　原为夏威夷的民族服装，后演变为宽松的连衣裙。从 1961 年前后起，
作为夏季家庭服装在日本得到普及。

之后，整个人好像都变白了。搓澡的房间在众多浴池的一
角，里面摆着两张床。有两个穿着背心和短裤的女人。"来，
来，大家排好队一个一个来。哪位先来？搓之前，要记得
先去池子里泡一泡，要把身体泡得软软的再来哟。大概
泡十分钟吧。别忘了泡好再来哟。"我打算先去搓澡，于
是就去泡了十分钟，然后一丝不挂地趴在铺有塑料膜的
床上。

　　身着背心的大婶跨在我身上，用手套状的搓澡巾使劲
地给我搓着。不一会儿，我就感到身上的污垢开始哩哩啦
啦地往下落了，心情大好。我舒舒服服地躺在那儿享受着，
大婶却在用着九牛二虎之力给我搓澡。这个感觉就像是"有
人坐轿，有人抬竿"。我心里莫名有些内疚，大概因为我从
小也是穷人命吧。大婶的汗水也在滴滴答答往下落。

　　虽然污垢确实在一点点往身旁落，但是并不像朵朵子
说的有一个网球大小那么夸张。"好，现在翻个身吧，对，
脸朝上。"于是我就这么一丝不挂地仰躺着。为了打发时
间，我朝身旁望去，虽然看不到脸，但能看到一个白皙丰
满的女性裸体。是啊，女性的身体的确很美，难怪从古至
今，画家们一直对女性的身体情有独钟，不断进行着各种

挑战。这个丰满的女人好像雷诺阿[1]画中的女性。赤裸的躯体正中生着一丛毛发。记得在男性口中是被叫作"维纳斯之丘"吧，像小丘般微微隆起处生着一丛蓬松的毛发。看到这个画面，我想起了北轻井泽冬季的山。叶落后的黑木排列在雪白的山脊上，就像象背上生长的毛发般。到了夏天，山脊的轮廓又被郁郁葱葱的树叶遮去。雪白的山脊上是湛蓝的天空。身旁女人的雪白小丘上是乌黑的冬木，看到此景，我忽然想去看看北轻井泽的雪山了。我再次翻了个身，开始做精油按摩。真是太舒服了。

接着，我又去蒸艾蒿桑拿。里面有一个年轻的女人。果然，年轻女人的身体是最美丽无瑕的。我在缭绕的雾气中看着年轻女人的身体，还特地注意了那个毛发丛生的地方。真是让人感叹，年轻女人的小丘简直就是盛夏，是熊熊燃烧的茂盛丛林，将山丘的轮廓全部隐去，所见只有乌黑的一片。

我跟美美子一起在餐厅吃饭。我点了份炒乌冬面。美

---

[1]　法国画家，印象画派成员。一生致力于表现女性人体的魅力，被视为印象派中女性美的塑造者。

美子点了啤酒、鱿鱼刺身，还有炸薯条什么的。吃完后，我们相约下次再来这里。

炒乌冬面实在是太难吃了。

睡觉前，我把不可燃垃圾整理了出来。人类真是盛产垃圾的生物，听说在宇宙里，有五千多个人工卫星因为不能回收而变成垃圾了，这可怎么办啊？玻璃艺术家野口真里说过："人不能一味地生产啊，不然就只是徒增垃圾罢了。"虽然真里已经用玻璃做出了许多极其美丽的作品，但她还是说："我只是在做不可燃垃圾而已。"这种有觉悟的艺术家让人尊敬。

2003 年冬

痛 快 的 日 子

到底是从什么时候开始，新年变得如同昨日的延续一般索然无味了呢？

× 月 × 日

　　我跟朵朵子相约一起做跨年饭，约的日子就是今天。

　　朵朵子是位身材高挑，无论何时都充满活力的女性。前段时间，她跟我一起去看望我那已经老年痴呆的母亲时，母亲问我："这是你老公吗？"朵朵子的母亲也开始有些老年痴呆的迹象了，所以她跟着我提前来考察一下养老院。有一次，她跟我一起坐车时，被我儿子的朋友看到了，还给我儿子打小报告说："你妈交男朋友了哟。"我想朵朵子要是在宝冢歌剧团扮男角的话，一定会是个大明星。

　　朵朵子手脚轻快，总能在约定时间准时出现。

　　我跟她约好了一起做金团^[1]和海带卷，于是赶紧从床上跳起来，吃了一片阿普唑仑。我就像是一个被药控制的人偶一样。

　　朵朵子在十点准时出现，还带了一盒她在名古屋的婆婆每年正月^[2]都会送来的土特产：鳕鱼干、炖红薯、烧鲣鱼等等。

　　据说她的婆婆已经九十四岁了。

　　"九十四岁了。厉害吧！"

　　"九十四岁啊，真厉害！"

　　我们两个人异口同声地感叹。快到八十岁时，我的母亲就已经完全痴呆了。同样的二十年里，朵朵子的婆婆跟我母亲的生活天差地别。我本来不想去想这些，但还是忍不住。

　　母亲最后一次做正月料理是什么时候的事情了？

　　我家跟朵朵子家的金团做法不同。红薯是煮还是蒸呢？

---

[1]　在糖煮栗子、豆类中拌馅的一种日本甜食。馅多用熟红薯经筛网过滤后加入白糖制成。

[2]　日本的正月指公历一月。日本的元旦相当于中国的春节。

最后我们决定煮。

　　去年我就因为金团的做法，跟别人产生过大分歧。

　　那次是在北轻井泽，我跟沙沙子她们一起做正月料理。

　　起初我因为觉得市面上卖的那些黄到发亮的金团太没品了，所以打算做母亲曾经做过的那种很家常的，像红薯一样的金团。红薯跟栀子一起煮，再用筛网过滤。沙沙子见了，摇头道："不对，不对。"我没搭理她，她还在没完没了地说着"不对，不对"摇着头。

　　"颜色要再黄一点才行啊。"等我反应过来，沙沙子已经挑出红薯里的栀子，拍打着挤出黄色的汁液。

　　我没有搭理她，沙沙子就把挤出的栀子汁倒入金团里，开始搅拌。

　　我还是没有搭理她，结果金团变成了与其说是金色，不如说是茶色的颜色。

　　我依旧没有搭理她。"好嘞，完成。"沙沙子满意地点了点头。我虽然"嗯嗯"附和了两声，但是心里在想："做得有点过火了。"

　　可是，这件对我来说没什么大不了的事情，对沙沙子来说好像是件重要的事情，所以我就不再插手料理。对我来说，无所谓的事情太多了；而对沙沙子来说，格外在意的事情太多了。人是不会轻易改变的。十多年前，她就指导过我怎么把保鲜膜裁剪成不同大小，以及保鲜膜盒该怎么盖上。这种事怎么样都无所谓吧。我当时好像还说过"我跟你肯定没法一起生活"这样的话。沙沙子直到现在还偶尔会说她当时特别受伤。就在几天前，她还指导了我一番怎么擦屁股！她说，使用智能马桶时，在喷水清洗之前，最好用纸先擦一次。

"是吗？可是，那个马桶的使命不就是解放双手吗？"

"不不，如果不用纸去擦一下的话，大便会溅到喷头上的。打扫的时候，你就明白了。"

"你一直都这么干？"

"当然了。你不知道，这么做前后，清洁程度完全不一样。"

可是，自正月那次又过了半年，沙沙子忽然来跟我说："做金团的那次，栀子汁我确实放得太多了。"她有自我反省的习惯，这个习惯也很容易让她陷入自我厌恶中。去年，我从厨房抽身之后，我们家厨房里剩下的三个女人，各自为政，风风火火地做着饭。我则和唯一的年轻人夜夜子一起看红白歌会。

这时，沙沙子发来了指令。

"佐野和夜夜子，你们负责往饭盒里装菜。"

"好。"

我和夜夜子是美术学院的校友，但是年龄相差三十岁。"你们要把菜摆得漂漂亮亮的哟，毕竟你们是美术学院毕业的。"虽然沙沙子这么说，但美术学院又不会教人怎么摆正月料理。

外面下着大雪。

我打算用铝箔纸来做饭盒的隔断。沙沙子说："嗯……隔断还是用叶兰吧。""啊，对了，新井家是农家，家里可能有叶兰。"于是我给新井先生打了电话，新井先生说："没有叶兰哟，我们这里竹子都长不高，更别提叶兰了。"我一边找铝箔纸，一边转达："新井先生说他们家也没有叶兰。"这时夜夜子想起了一件不该想起的事情。

"阿姨，我记得白天佐藤家的真里在剪叶兰。"

白天的时候，我跟夜夜子两人把做多了的鱼糕，还有昨天做的海带卷和年糕什么的送到了佐藤家，又从佐藤家收到了很多柑橘。佐藤家挺远的，要走十八公里山路下山过去。

　　"咦，你要现在去吗？"

　　"不用啦，用铝箔纸就行了。"

　　"太危险了。"

　　在场的人很多，大家都异口同声地说用铝箔纸就可以，但沙沙子仍坚定地说："还是要用叶兰。"

　　于是，我跟夜夜子开车出发去佐藤家。

　　当时下着鹅毛大雪。红白歌会也迎来了最高潮，小林幸子[1]就要登台了。

　　夜夜子负责驾驶。"好可怕……"就连我们这群老太太中唯一的年轻姑娘也害怕了。不是害怕这大雪，而是被沙沙子吓到了。我们在大年夜的晚上，行驶在一辆车都没有的雪天山路。

　　"好可怕。"四十分钟里，夜夜子一直只说着这同一句话。大雪仿佛从车窗的中央四散开来一样。

　　"你不觉得沙沙子是看我年轻，却什么忙都不帮，才发脾气的吗？"

---

[1]　日本歌手，经常作为红白歌会的压轴出场。

"别放在心上，世上没有完美的人。话说这雪下得真大啊。"

到佐藤家时，已经过了十点二十分。我们敲了敲他们家的玻璃窗。佐藤正在看电视。

真里急急忙忙跑出来，问："怎么了？"

我们匆匆忙忙地进了佐藤家。

"出什么事了吗？"佐藤也被吓了一跳。

"能分我们点叶兰吗？"

听到这句话，佐藤像是《欢迎新婚夫妇！》[1]节目的主持人桂文枝一样，笑得一屁股坐在了地上。

"白天那些是最后的叶兰了。"佐藤说。

"咦，不会吧？"

"这里不适合种啊，我从东京移植过来后，叶子就变得越来越小了，现在只剩下三片小叶兰了。"

佐藤冒着大雪出去摘叶兰，我们也跟着去了。种植叶兰的地方用纸箱围着。真的只剩下三片小小的叶兰。"可是把这些都剪下来的话，这片地不就秃了吗？""那也没办法

---

[1]　一档由日本朝日电视台制作，1971 年开播的观众参加型访谈节目。从开播至今一直由桂文枝担任主持人。

呀。"佐藤一边笑一边把叶兰全部剪下来给我了。

"喝口茶再走吧。你们慌慌张张的，我还以为发生什么大事了呢。"真里已经泡上了茶。但夜夜子一直说："阿姨，我们还是早点回去吧，我有点害怕，回去吧。"于是，我们又花了四十分钟慢悠悠地沿着积雪的山道回到家中。啊，我东京的家里，叶兰多得简直快烂掉了，真是越想越气。随后，我们切了叶兰来做隔断，这下一盒漂亮的年菜就完成了。

"嗯，还是得用叶兰啊。"沙沙子拍拍我的肩膀。她好像很满意。

"确实，比起铝箔纸，还是用叶兰更好。"我附和道。小林幸子和美川宪一 [1] 的演出我一眼都没看到。

可是，随着时间流逝，那次叶兰事件却变成了怎样都无法忘却的风景和回忆。

如果当时我们用铝箔纸来敷衍了事，那么就不会看到大年夜积雪的山道，不会有我和夜夜子像奉命出征的士兵一般齐心协力，为得到叶兰而拼命的难忘回忆了吧。也不

---

[1] 日本歌手。

会有佐藤像桂文枝一样笑得从椅子上摔下来这种搞笑的事情了。

想必我这辈子只要看到叶兰，就会想起那天下大雪的山道吧。

这么说来，小时候的大年夜，我能清晰地回忆起来的只有一次。

那是吃晚饭的时候，在大年夜的饭桌上，放满了各种饭菜，正中央放着一个大大的笼屉，里面装满了荞麦面。毕竟家里有四个孩子呢。母亲在厨房里忙碌，父亲等得有些不耐烦了。过年的时候，大人们都显得很焦躁，所以孩子们也都战战兢兢的。突然，父亲把矮桌掀翻了。矮桌上的食物都飞散开来。我已经想不起矮桌被掀翻的瞬间了。等我反应过来的时候，我已经在收拾着掉到榻榻米上的炖胡萝卜、小鱼干之类的菜了。我们怎样收拾好残局，怎样把一切复原，最终吃了顿怎样的年夜饭，我通通都不记得了。

我只记得，过了一会儿，父亲露出了轻蔑的微笑。

平日里，父亲就算心情不太好，也不会诉诸暴力。没有比他露出的那个轻蔑的微笑更让我记忆深刻的东西了。

父亲从不露出笑脸。毕竟，那时候家里还没有电视，全家
一起吃饭的时候，没有任何消遣娱乐的方式，平时父亲都
会禁止孩子们闲聊，吃饭的时候通常要听他的训话。不过
大年夜里，他大概也不好训话，结果那天我们应该是在尴
尬的氛围里默默吃完了年夜饭吧。史上最悲惨的一顿晚餐。

　　我们家挺穷的。把矮桌收起来后，我和弟弟就在空下
来的四叠 [1] 半大的房间里铺好被褥睡觉。

　　第二天一早，我睁开眼睛，望着天花板。

　　天花板上粘着两三根荞麦面。小孩子是很诚实的。我
虽然忍着没有笑出来，但心里还是非常想笑。

　　从那以后，每到大年夜，我总是会想起天花板上的荞
麦面，一想起来就忍不住想笑。有时候，甚至想边笑边
打滚。

　　当时还是孩子的我在那时明白了这个道理：在最悲惨
的事情中总会有滑稽的部分。

　　不过，我到现在还在纳闷，那两三根荞麦面是怎么飞
到天花板上去的啊？

―――――――――

[1]　1 叠为 1 个榻榻米大小，约为 1.62 平方米。

用滤网过滤的时候，朵朵子问我："喂，你小时候，有没有在枕边发现过崭新的衬衣呀？"

"有的，有的，最好的洋装也叠得整整齐齐的，放在枕头旁边。"

"有种崭新的一年真正开始了的感觉。"

"是不是因为那个时候一年里只能买那么一次新衣服呢？"

我们的话题又变成了过去的母亲们有多么了不起。

那时候的新年充满了年味，就连空气都变成了崭新的新年专用空气。

到底是从什么时候开始，新年变得如同昨日的延续一般索然无味了呢？

我做的海带卷可是受到大家一致好评的。忘了什么时候，我收到了一块还带着皮的金枪鱼，我切来做刺身的时候，剩下了一条细长的暗红色鱼肉。于是我就把这条鱼肉卷进海带卷里，非常美味。第二年，我特地买来金枪鱼的鱼腩来做海带卷。后来我觉得特地去买金枪鱼的鱼腩太奢侈了，就改买了便宜的冷冻刺身。今天做海带卷的时候，我还卷进了和朵朵子一起买的半片鲥鱼，也不知道好不好吃。本来我还想放点葫芦干的，结果发现自己买的不是葫芦干，而是干萝卜丝。

不要做，也不要卖这些容易让人搞错的干萝卜丝了。我们又专门为了买葫芦干出去了一趟。我们用葫芦干捆着湿漉漉的海带，朵朵子说："你小时候，有没有吃过用柑橘和琼脂做的甜点？"

"吃过，那个虽然味道很一般，但是很漂亮。"

"是啊，吃的时候还蛮开心的。"

我仔细一问，才知道我们讲的完全不是同一种东西。

朵朵子说的甜点的做法是把柑橘给挖空，把果肉榨成的汁和琼脂液混在一起再倒回挖空的柑橘皮，然后埋在雪地里。因为她老家在北海道，据说到第二天清晨，里面的东西就会变成果冻状。这种做法听起来挺有高级感。

我们家的做法则是向托盘里倒进甜的琼脂液，然后摆上柑橘瓣，等凝固之后切成小方块来吃。

我们就这样又讲起过去的母亲们有多么了不起。

母亲们总能用应季的食材做出各种美食。不论是北海道还是静冈，用的食材都是一样的，却能做出不同的花样。

如果不是和朵朵子一起做海带卷，我大概不会想起关于柑橘和琼脂的事情吧。

朵朵子跟我，都是那种做事情比较随意的人，就算做不到像沙沙子那样十全十美，我们也不在意。

"嗯，就这样吧。"

"可以了，可以了。"

我们做料理时的气氛非常平和。

我们把做好的金团和海带卷装进保鲜盒里。

我尝了一口金团。"红薯味是不是太重了呀？"

"算了，算了，红薯味重点就重点吧。"

"就它了，就它了。不过红薯味好重啊。"

"就它吧，就它吧。红薯味有点重呢。"

如果世界上全都是我和朵朵子这样的人，恐怕人类永远都不会进步。

带着在市场买的鱼，还有金团和海带卷，朵朵子坐着中央线回了日野那边的家。

朵朵子回去之后，我心头一惊。孩提时代的柑橘琼脂甜点那鲜艳的色彩，十分鲜明地——鲜明到了不现实的程度——在我的脑海里不停闪现。

比就在眼前的柑橘还要鲜明，在脑海里一闪一闪。

真的很可怕，这不正说明了我真的开始上年纪了吗？据说老年人会忘记昨天吃了什么，小时候的记忆却会越来越清晰。

连我养育孩子的那段人生经历，都不曾像这个回忆这般鲜明地在我心里复苏。

就连以前一时兴起做的那件红得像消防车一样的大衣，现在再回想，记忆中也只有一片模糊的大红色。而柑橘琼脂甜点上锯齿状的牙印，琼脂闪烁着的透明光泽，琼脂凝固时在盘子四角留下的小气泡，我却都记得如此清晰。

真可怕，难道只剩最中间的脑细胞裸露在外，后来发育出的外面的脑细胞已经开始衰亡了？

正月里，日本人是一定要吃年糕的。

前段时间去相田家的时候，我问他们家正月里都吃什么。相田回答说："面包和咖啡。我们家已经几十年没有吃年菜了。"什么？那日本以后怎么办？你们这样也算是日本人吗？我内心有些不爽。不过或许感到不爽的我才是奇怪的那个？

现如今超市元旦也开门，不必像以前那样储备新年期间要吃的食物。不过每个新年，我还是一定会做年菜。并没有特别的理由，就是觉得到了新年就该这么做。

战争结束后，我们一家在中国大连的那两年，每天都和饥饿做着斗争。整整两年，我们没吃过一粒米。一升[1]白米能卖到五百日元。

那个时候，用红高粱做的粥已经算是高级食物了。我当时还吃过麦麸。后来我才知道，原来麦麸就是麦子的壳。我家的纸拉门上有麦麸粉形状的茶色斑点，还贴着好多粗布条。我一直以为有人收集纸拉门上的斑点拿去卖，父母把它们买回家来给我们吃。[2]麦麸团子的味道可真是不得了。把锯末团成团子蒸一下或许还更好吃一点。

有一年，不知道母亲是从哪里弄到的年糕，元旦我们一家吃到了年糕汤。年糕圆圆的、黄黄的，是用小米做的。倒上汤的瞬间，圆圆的年糕立刻就化掉，粘在了

[1] 日本的 1 升约为公制 1.8 升。
[2] 日语中"麦麸"和"纸拉门"发音相同。

碗底。

"这怎么搞的啊？"父亲问。母亲说："果然会变成这样。"我用筷子在碗里搅拌一下，年糕就化成了汤。

我们就吸溜吸溜地把这碗黏糊糊的液体喝掉了。

我一直想知道，母亲那句"果然会变成这样"的"果然"到底是什么意思呢。即使在那样的贫穷年代，日本人也想吃年糕汤。估计也不是想吃，而是觉得这种日子就该吃这个吧。

母亲到底是怎么弄到小米年糕的呢？为了弄到它，她卖掉了什么东西呢？

当时，我们家里有五个孩子，其中还有一个婴儿。

真是理解不了。父亲在战争结束后，竟然又要了个孩子。推算一下日子，怎么算都是战争结束后要的。完全理解不了。

越没饭吃就越是要生。

这已经超出人智所能及的范围了。

我经常在电视上看到朝鲜、非洲的婴儿，他们干瘦干瘦的，只有肚子是鼓着的。看到这样的画面，我便不会再问"为什么"了。因为我知道这是无可奈何的事情。

或许父亲没有错。回到日本的头一年，四岁的弟弟死了。第二年，哥哥也去世了。可能是营养不足导致的吧。

五个孩子变成了三个孩子，少了两张吃饭的嘴，但想必大家并没有如释重负的感觉。

哥哥死后第二年的夏天，父亲又让母亲生了一个孩子。

啊，生命，真是超越人智的东西啊。

四岁的弟弟，至死也没有尝过白米饭的味道。

朵朵子回去后，我看起了电视，看到了十万日元的金枪鱼、一万日元的咖喱之类的东西。

电视上说，一万日元的咖喱可以在资生堂的高档餐厅吃到。

我的心情变差了。

每个频道都在放着综艺节目，居然有两个明星都是以自身的肥胖为噱头的。我的心情更差了。

一个做小学老师的朋友跟我说过这样一个故事。

她的同事在社会科学课上说："美国人因为肥胖而寿命缩短，尤其儿童肥胖更是成为严重的问题；与此同时，非洲的孩子们却因为饥饿而平均寿命非常短。同学们，该怎么解决这个问题呢？"

　　这时，其中一个孩子说："那就让非洲的孩子把美国的胖孩子吃掉吧。"

　　老师当时听了一定大吃一惊吧。我也心头一震，到现在都心有余悸。真是一个让人不舒服的话题。这也是这个世界的可怕之处。

　　我不经意间想到，我明明一个人住，那做正月料理又有什么意义呢？只是因为过年，所以就觉得应该这样做吗？不做了。出去走走。

　　青梅街道被夕阳染红，街上没有多少行人，空空荡荡的，既像是正月的气氛，又透着美中不足的遗憾。

　　我买了松树、水仙还有朱砂根，虽然是卖剩下的，都有些蔫了，但价格却不便宜。看到蔫了的水仙，我忽然觉得水仙是我最喜欢的花。得知店里已经没有新鲜水仙了，我反而更想赶紧抱走一大束水灵灵的水仙。人总是渴望着得不到的东西。店员把包装纸弄得啪嗒啪嗒响，麻利地帮我把水仙花包好了。

　　在录像店对面等红绿灯时，我兴致勃勃地打算去租好

多录像带回来看，在家过一个舒舒服服的大年夜。红白歌
会里面净是些我不认识的年轻人，唱的净是些我没听过的
歌。等红绿灯变绿的时候，我看了看录像店的门口，发现
进进出出的也都是一些年轻人。

　　明明是大年夜，这些孩子却只有录像带为伴，他们也
很孤独吧。大概是亲人不在身边，也没有恋人吧。真希望
他们能和恋人一起看啊。不过，恋人也还是跟自己的家人
一起吃跨年荞麦面比较好吧。还是说如今大年夜也好，家
庭也好，都已经解体，不复存在了？这个对着陌生人胡思
乱想的我，在别人眼里，会不会也是个"大过年的，一个
人租五六部录像带，真可怜啊"的老太太呢？虽然不知道
此刻自己在他人眼里是一幅多么萧瑟的风景，但我可不想
被他人这样想东想西。

　　受不了虚荣心的折磨，于是我放弃了租录像带的计划。
可提着塞满了录像带的灰色塑料袋，在大年夜里走在青梅
街道上的自己的身影，却如他人的身影一般鲜明地出现在
我眼前。

　　我的虚荣心，原来是用这种方式显现出来的啊。不过，
如果没有周围的人做比较，虚荣心这种东西也就不会产生。

我这一生为了不埋没于芸芸众生而挺胸抬头地走了过来，到头来自己其实早已淹没在了人海当中。真让人头疼。我完全败给了生活。我低着头，走在路上。

上了年纪之后，我总想着至少走路姿势得精神。可是某天在路边遇到了一个熟人，对方竟然对我说："喂，你怎么走路都要摆着个架子。"唉，这世道真难啊。

门口处，最便宜的松树挂饰在风中摇晃。

用直久[1]拉面代替跨年荞麦面，结果我还是一边看红白歌会一边吃了面。我还在拉面中加了香菜。我怎么这么喜欢香菜啊？

小小的飘窗边放着镜饼[2]和水仙花。多可爱啊。红白歌会里全是些没有见过的年轻面孔，于是我干脆拿起抹布擦起了房间。我看两眼电视，擦两下房间，交替做着这两件事。不知不觉间，家里被擦得干干净净。

准备睡觉了，我一边读着佐野真一的《铁人小子——本人也不了解的石原慎太郎》，一边进入了梦乡。

---

[1]　1967 年，由山梨县土桥直久创立的老字号拉面品牌。
[2]　扁圆形年糕，大小两块叠在一起。日本过新年时用来供神、佛等。也用作喜庆日子的贺喜之物。

2004 年春

痛　快　的　日　子

人只要还活着，就不能轻易死去。

× 月 × 日

　　我一睁眼，已经八点半了。我在床上用脚拉开窗帘，外面是晴朗的好天气。天气一好，我也就涌起一丝好心情，但还不至于高兴到从床上一跃而起。虽然尿都快憋不住了，我还是嫌麻烦。与其爬出被窝去厕所，还不如憋着。我就这样想着，一直在床上发呆，不肯起来。

　　我拿起那本又厚又沉的《日本人老后》，从昨晚读到的地方继续读了起来。这本书无论你从哪里读起，都会看到许多了不起的人物。书中的每个人都积极进取，从不会展露出愁颜。

　　这是一本一百位杰出人物的访谈录。书中介绍了住在南国岛屿上每天早上四点半就起床的老奶奶、为在关东大

地震中被屠杀的朝鲜人建造纪念碑的老人，还有三十年间
一直义务做盲文翻译，现在已经八十多岁的老人。读了这
本书，就感觉日本好像根本就没有不幸、没用的老人，没
有被儿媳虐待到大气不敢出的老人，也没有不修边幅、邋
里邋遢的老人，就连那些照顾着痴呆妻子的老人，也不会
嫌弃妻子粪便的味道。

　　真是了不起。天气明明这么好，可读着这本书，我却
心情低落起来。为什么看到这些了不起的人，我却会感到
心情低落啊？真是受够这捉摸不定的心情了，于是我起来
把那泡憋着的尿给解决了。呀，真是停不下来，这泡尿真
是长，哩哩啦啦的，好像根本没有尽头，总在我以为要停
的时候，稍微使一下劲就又出来一点。虽然哩哩啦啦的，
但还能尿出来就是好事。我真想找个机会测一下每一次的
尿量。

　　小时候，我蹲在院子里尿尿，尿可以在地上冲出一个
洞来。如果有蚂蚁"失足落水"，我会特别开心。

　　我还曾经这么冲过蚂蚁窝。我正沉醉于这种隐秘的快
感时，被哥哥发现了。

　　"让开。"

哥哥从短裤里掏出小鸡鸡，从高高的地方，对准我找
到的蚂蚁窝，"哗"的一声开始发射。

真是太可惜了，我那可怜的哥哥十一岁就去世了。我
真想再多找一些蚂蚁窝，让他浇个痛快。如今我这个六十
五岁的老太太，坐在马桶上如此想着。想着我那个因为营
养不良早逝的可怜哥哥。

每当看到朝鲜、非洲的那些饥饿的孩子，我就会想起
哥哥。那些孩子的大眼睛骨碌碌打转，牙齿白得不可思议。
之所以眼睛看起来那么大，是因为他们肌瘦的脸颊已经陷
了下去。哥哥虽然没有饿到那种程度，但可怜的他天生就
眼睛很大。据说哥哥小时候坐在婴儿车里，很多人都围过
来看，大家都赞叹哥哥的眼睛大。那时候我家还算有钱，
哥哥坐的婴儿车还是英国制造的牌子货，但没想到哥哥天
生就有一双跟非洲那些饥饿的孩子一样的大眼睛。三岁左
右的我和五岁的哥哥的合照上，他那双大眼睛显得非常机
灵。直到他十一岁去世时，我都一直觉得他的那双眼睛特
别机灵。哥哥啊，在这个世界上记得你的，恐怕只有我这
个六十五岁的老太太了吧。只有我一个人了哟。我如果去
世了，这个世界上就没有人记得哥哥你了。不过，看不到

哥哥六十七岁头发掉光、满脸皱纹的样子，或许也是一件
幸事吧。

　　哥哥，你早早就走了，不知道其实活着也是一件相当
不容易的事情。我遇到过好多次让人简直想一死了之的挫
折。可是，人只要还活着，就不能轻易死去。要是换成现
在，哥哥怎么会被一场小小的风寒带走？看到如今的小孩
子进行器官移植，花上亿日元换上别人的器官，我就会想
到轻易就撒手人寰的哥哥。小时候我以为人死是在所难免
的事情，要死去的时候就会死去，但是现在，我发现原来
人在要死的时候，也是可以不死的。对此，我不知道该说
什么好。只是，同样是在这个世界上，现在仍然有很多跟
哥哥一样，轻易就会死去的孩子啊。

　　上完厕所后，我就不再赖床了。今天天气这么好，正
好把衣服洗了。

　　来到阳台上，我看见邻居家的白梅、红梅开得正盛，
看样子是个大户人家，红白梅花修剪得整整齐齐，漂亮得
让人都不好意思问"能给我折上一枝吗"。

　　这时候，我看见邻居家的太太向门口走去。

　　"早上好。"我打了个招呼。

　　"早呀，我现在要去香港。"她说。说完她便坐上了门口那辆高档的奔驰车，临走时还不忘叮嘱我："我不在家的时候，可以用我家的停车位哟。"

　　虽然肚子不饿，但两三天前买的肉包子还有剩的，我就蒸了，边看电视边吃了起来。我想着只吃包子可能会维生素摄入不足，于是又吃了一个长着毛，样子恶心的猕猴桃。每次剥猕猴桃的时候，里面的绿色果肉都让我惊讶。我舔了一口，酸得我只好用抹茶配着酸奶浇在猕猴桃上吃。我用茶筅[1]把抹茶搅拌开来，茶粉细碎的结块很快就被打散了，口感丝滑。对了，我以前觉得用牛奶冲可可的时候，可可粉也很容易结块，原来用茶筅就可以解决这个问题。虽然我也不是很想喝可可，但还是冲了一杯，试了一下这个方法，效果果然很棒。加点砂糖，口感更加丝滑了。我一高兴就做了好多杯可可，但早就喝饱了，我便把它们倒进圆形的保鲜盒，放进冰箱里。三野文太[2]曾在节目里说过可可对身体有益，一时间全日本的可可都脱销了，不过很快大家又都忘了这件事情。一听说对身体有益，人们就蜂

---

[1]　烹茶时用以调茶的竹制的用具。

[2]　日本综艺主持人。

拥而上，突然间食物就像是灵丹妙药似的。

　　我觉得好吃的东西好像都是些不健康的食物。但我又担心光吃那些的话会维生素不足，也会吃些猕猴桃之类的东西。

　　旅居柏林的时候，寄宿家庭的安杰莉卡拿出一个橘子对我说："这是维生素 C 哟。"听了这话，我感觉橘子一下子失去了橘子的味道，变成了维生素 C，作为橘子的魅力荡然无存了。

　　大约一周之前，我去超市买了最便宜的柑橘和最贵的草莓。柑橘都是装在袋子里的，价格从两百日元到五百日元不等。草莓最贵的一盒要五百八十日元。

　　柑橘难吃得不得了，我立刻就放弃了。幸好草莓很好吃，我一个人就吃了个精光。真是一分钱一分货。

　　昨天朵朵子向我要了一个柑橘。"我可以吃一个吗？"我提醒她："很难吃的。"她坚持尝了一瓣，说："真的很难吃啊。"说着将剩下的用皮包好，又放了回去。真是一分钱一分货啊。

　　下午，我拿出缝纫机，开始做朋友拜托我做的眼镜袋。四点钟左右，我已经完成了两个，想赶紧拿给朋友们看看，于是决定去诺诺子家一趟。

　　接到工作委托时，无论什么样的工作，我都觉得好烦啊，如果有的选，我真是一点工作都不想做。但没钱是要饿肚子的。每当约定的期限临近，或者说就算过了约定的期限，我还是会一边承受着良心的煎熬，一边无论多闲都迟迟不肯开工。在这期间，我的胃总是会翻江倒海，像被人拧着一样疼，时常要靠胃药来缓解。快点做，我的胃就这样，每一天，每个节假日，无论是盂兰盆节，还是新年，几十年如一日地用疼痛来督促我，大概会一直折腾到我这辈子结束吧。这个世界上有喜欢工作的人吗？如果有的话，真想见见啊。

　　"你真开始做了不也做得挺快吗，赶紧做完不就得了？"有阅历的人都这么劝我。

　　"我才不要，这样工作的话，我会变成有钱人的。"

　　"你讨厌当有钱人吗？"

　　"讨厌，还是钱刚好够用最适合我。看看那些有钱人，你不觉得他们的脸都干巴巴的吗？要真成了有钱人，我肯定会一直担心，怕变成那个样子的。"

　　我也有很想要钱的时候，那是因为有很想要的东西。

可是，现在我没有什么想要的东西了，真要说的话，想要精力吧。我一边开车，一边在心里决定，比起工作赚钱，不如开始省钱吧。昨天，我在电视上看到一个每个月只靠一万日元生活的人。他在生活的点点滴滴中想尽办法省吃俭用，好像过得也很开心。估计他家的冰箱非常干净整洁吧。

　　诺诺子和她的老公收到我做的眼镜袋，非常高兴。这种小袋子可以挂在脖子上。有了这个袋子，坐电车的时候会很方便。我把别人送我的布料中间添上棉，做出凸起的花样，再分别绣上不同的图案。给诺诺子老公的眼镜袋是在黑色棉布上绣了一条土黄色的盘起的蛇，给诺诺子的则是在黑色缎子上绣了一只鸟。我自己也挂着一个眼镜袋，现在逢人必问："喂喂，喜欢这个吗？""不想来一个吗？"不停地向我这些老朋友推销。

　　之前，我做帆布手袋的时候，就拼命向朋友们兜售："喂喂，想要手袋吗？什么大小的我都可以做哟。"

　　我真是太闲了。这么闲的话，就去工作呀。我从前就喜欢做副业。学生时代，我寄宿在叔母家的时候，就做过糊纸袋的活。用木铲把裁好的纸折上，涂上糨糊，一个纸

袋就做好了。我对这种工作总是很上心，所以会想尽办法
提高效率。即使别人让我别这么费心，我还是乐此不疲。
比起木铲，用竹尺更顺手；比起直接用刷子，下面垫一块
树脂，能刷得更加均匀，让糨糊粘得更牢固。就连能干的
叔母也会有做到肩膀发酸的时候，这时候我会让她先睡下，
然后自己把剩余的工作全部做完。大概我就是天生喜欢这
种穷酸的工作吧。

　　我并没有特意踩着饭点去，但到诺诺子家的时候，正
好是晚饭时间。诺诺子是一级残障人士，因此是她老公佩
佩欧在准备晚餐。她老公是一个有些执拗的人，对厨具非
常讲究。他还特别定制了一个箱子，里面整齐地摆放着各
式各样的菜刀。箱子里有好几层扁抽屉，小偷如果要来这
个家里的话，根本不用带凶器，从那个箱子里随便抽出一
把大菜刀来，就能把人开膛破肚。

　　厨房的炉灶也是专业规格，连买菜都要特地去筑地
市场 [1] 采购。

---

[1] 位于日本东京中央区的批发市场，也是世界上最大规模的鱼市场之一。

诺诺子在坐着剥银杏。我仔细一看，竟然还有专门用来夹银杏壳的钳子。

"让我也试试吧。"我接过她手中的工具，开始咔嚓咔嚓夹起银杏壳。这钳子也太方便了。

然后，我又提议大家来流水作业。"我来夹壳，你负责把银杏剥出来。"

诺诺子的老公把芝麻拌菠菜拿出来摆在饭桌上。拌菠菜用的碎芝麻是用擂钵将黑芝麻仔细研磨而成的。然后，他还端上来一盘醋芜菁，里面用来点缀的红色朝天椒看起来好漂亮。

"你们把那边收拾一下。"他让我们腾出吃饭的地方，可我夹银杏壳夹得意犹未尽。

他端来一个大砂锅，里面有白菜、葱、豆腐、扇贝。"下面还有鲷鱼杂碎哟。"果然，火锅这种东西不能只一个人吃。

最后，他端上一盘醋拌牡蛎来。"好，这就是全部了。"牡蛎上还盖着满满的柚子皮。

"好啦，我今天喝点什么呢？"

诺诺子的老公刚要落座，诺诺子就命令道："把我的茶拿来。"

"啊，对了，还有你的茶。"

"你真是的，只想着自己要喝的东西。"

诺诺子的老公笑嘻嘻地把诺诺子的茶拿来了。这一顿吃得太棒了。

诺诺子吃了一口醋芜菁。"哇，好辣呀，怎么这么辣！朝天椒放得太多了。"

"放得不多啊。"

"放多了。"

"根本不辣嘛。"

夫妻间都是这样对话的吗？可是，现在的日本，能吃到这么棒的家庭料理的人家还有多少呢？购物中心地下的食品商场的那些副食柜台，为什么有那么多互相嬉笑打趣的中年妇女愿意排队呢？不仅是购物中心地下的食品商场，西友副食柜[1]也是热闹非凡、充满活力的。如果有人去西友征女兵的话，肯定能征到一支由性格顽强，绝对不轻言放弃的人组成的精锐队伍。不过，这些互相嬉笑打趣的太太，

---

[1]　购物中心地下商场的副食店一般都很精致，价格也比较高。而西友则是平价商场的代表。

肯定无一例外都是和平主义者。世界上所有的事情都是好坏参半的，有时我也不知道哪一种生活才是好的。

诺诺子只顾着喝汤，一言不发。一言不发就代表这道菜合格了吧。芝麻拌菠菜都快变成菠菜拌芝麻了，芝麻实在太多了。他们家不会买熟芝麻或者现成的碎芝麻，都是自己用煎茶的小砂锅把芝麻炒过后，再仔细地磨碎。诺诺子的老公有些驼背，留着长长的白发。磨芝麻的时候，他白色的胡须都要垂进擂钵里了。诺诺子慢悠悠地吃着，看来这道菜也合格了。

尝了一口醋拌牡蛎，诺诺子说："佩佩欧，这个好吃。"

今年我第一次吃到醋拌牡蛎。

我看见佩佩欧的胡须上，还沾着碎芝麻。

我好想帮他弄掉，但这是别人的老公，我只好作罢。

诺诺子四十五岁左右时得了一种罕见病，成了一级残障人士。看着诺诺子，我总有种茅塞顿开的感觉。她真的好强势。

"佩佩欧，药，药，拿药袋子。"佩佩欧站起来准备去拿药，她又对着他的背影喊："眼镜，眼镜，我的眼镜。"

佩佩欧站住了。一直站着不动。

"你在站着发什么呆啊，快点！"

"你一下子让我拿两样东西，我不知道该先拿哪样啊。"

"算了，你这个人啊。"

有一次，我问过她为什么这么强势，她回答："因为不是我的错啊。得病又不是我的错，是病的错啊。"

她从来不依赖孩子和儿媳妇。并不是因为他们不可靠，而是因为她认为："他们有他们自己的生活。佩佩欧负责照顾我不是理所当然的吗？"残疾后像这样完全没有消沉的人，我只认识诺诺子一个。

我问诺诺子："眼镜袋想要什么图案？"

"鸟。"她不假思索地回答，"因为没办法走路，所以想变成小鸟。"

她看到我的眼镜袋上的高跟鞋图案，又说："我想穿着红色高跟鞋跳舞，把这个给我吧。"

"那就不要鸟的了？"

"不，我两个都想要。"她说。

在诺诺子不在场时，我跟朋友讨论过她从前是不是也那样。

好像在我所知道的人里面，无论多少次徘徊于生死之间，都没有人变成她那样。没有种子的地方不可能长出芽来，肯定是当年被健康和年轻所掩藏起来的东西发芽长大了，我们最后得出这么一个结论。

在两个儿子正值发育期的时候，诺诺子做料理常常很豪放，味道充满活力。大概是疾病让她心有遗憾吧。诺诺子只对她老公这么强势，对其他人不会这样。她老公佩佩欧是个非常顽固的完美主义者，只是外表看起来温和，内心却是块无论如何都撬不动的石头。

有一次，佩佩欧从筑地市场买回来一条很大的章鱼。章鱼张牙舞爪的，很是吓人。当时在场的一个朋友老家盛产章鱼。她是个章鱼大师，无论什么样的章鱼都吓不到她。

只见章鱼大师镇定自若，先往不停扭动的章鱼身上撒上大量的盐，去除黏液。这时，佩佩欧在章鱼大师的周围转来转去。"那个，那个……"他欲言又止。章鱼大师接着开始用一口大锅烧水。"等水烧开之后，把章鱼丢进去就可以了。"她淡定地说道。

"那个，那个，能让我拿一下茶叶吗？"

"茶叶是在这儿吗？"

"还是等煮完章鱼再拿吧。"我说。

"哎，那个，拿一点就好。"佩佩欧还在温和却固执地一直说着"茶叶，茶叶"，于是我只好把茶罐给他，让他自己去泡茶。我可是想好好看看这个章鱼五右卫门[1]。看着这条不停扭动的章鱼，我想起了那幅有些恶心的浮世绘春宫图[2]，不由得感叹会想吃这样的动物的人类真是厉害。章鱼大师把扭动的章鱼放进热气腾腾的大锅里。"哇，好厉害！"我们几个老太太围在锅周围兴奋地叫个不停。这时，佩佩欧从我们这一群女人的身后，像天女散花一样把茶罐中的茶叶一把撒进了锅里。

"你刚才是在干吗？"大家一起回过头惊讶地看着他。

"哎呀，加入茶叶的话，章鱼的颜色就会变得更好。这是我从某个大厨那里听来的。真的是这样的。"

最吃惊的要数章鱼大师。后来，我问章鱼大师："颜色真的变好了吗？"她回答："没啥差别，我是第一次听到这种说法。"

---

[1] 此处"五右卫门"取自石川五右卫门，日本安土桃山时代的侠盗，他白天打扮成商人，到处探听富户人家，夜里偷盗。他偷窃丰臣秀吉的一件名贵茶器千鸟香炉时失手被捕，被丰臣秀吉处以釜煮之刑而死。
[2] 此处可能是指石川五右卫门与一子五郎市在大锅中被蒸煮的浮世绘。

有一年夏天，佩佩欧提议大家一起做荞麦面。于是佩佩欧就去新井家借石磨了。我在车里等他。

新井先生手把手教佩佩欧石磨的使用方法。佩佩欧是一个完美主义者，所以他一遍又一遍地说着"那个，我再问一下""嗯，嗯，明白了"，就这样三番五次地进行确认。光是"那个，我再问一下"这一句话，我坐在车里都听到他说了不下三遍。

五六个女人在阳台上铺上塑料席子，骨碌碌地推着石磨，兴奋地说着："中午就能吃上荞麦面了！"推了四五圈磨盘后，就磨不出多少粉了。这时佩佩欧就会"哎呀"一声，把石磨拆开，用竹扫帚清理一下。石磨很重，每推四五圈磨盘，佩佩欧就会说"稍等一下"，然后把石磨拆开清理。

明明新井太太说："一点也不麻烦，大约十五分钟就完事了。一转眼的工夫而已。"但性格谨慎的佩佩欧可是非常认真地学了过来的。可磨了一上午，磨出的粉还是只能装满一个茶碗，根本不够做荞麦面。

大家都感叹："平常动不动就从新井家收到好多荞麦面，我们吃起来也毫不客气，原来实际做起来这么辛苦啊。"我们反反复复地推磨盘、清理，花了五个小时才磨出一大碗面粉。实在没有办法，我们只好做成荞麦面疙瘩，一人吃上一勺。

后来我们去还石磨。佩佩欧问："新井先生，那个石磨眼是堵住了吧？"

"没有啊。"

"可是我们花了五个小时的时间，却只做出来一碗面疙瘩。光是清理这个石磨眼就费了不少劲。"

新井先生笑了出来。"这个石磨眼等磨完的时候清理就可以啦。"

新井太太也笑了。"这次真是辛苦了。"

看来，其实只要不断往石磨眼里加入荞麦，一直推磨盘就可以了。根本不需要推几圈就拆一次嘛。佩佩欧说"我再问一下"的时候到底都问了些什么呀？认真过头了吧。

还有一次，佩佩欧买了一箱小竹筴鱼，还有其他好几种鱼回来。我渐渐习惯了把鱼的料理交给佩佩欧做，和诺诺子一起闲聊着，只等着菜做好端上来。小小的竹筴鱼闪着银光，银光最亮的地方好像还泛着粉色。竹筴鱼的大小刚好适合炸，就是这一大箱子鱼实在太多了，这一箱好像要两千日元。我跟诺诺子闲聊的时候，佩佩欧就在厨房里安安静静地做着鲷鱼海带卷和煮扇贝。我想着做炸鱼可能要花很长时间吧，就说："要不我在这边炸鱼吧。"

"没事，我来就好。"他平静但坚决地说道。

那时是晚上七点。

等两百条鱼全都炸好的时候，已经是夜里十二点了。如果是我的话，我就只把今天要吃的那部分炸好，其余的明天再炸。而且，佩佩欧做饭的时候，水槽总是干干净净的。

佩佩欧无论什么时候都不喊累，这一点真叫人佩服。而且，他从不嫌烦，做事情永远坚持原则，这一点更是让人肃然起敬。

有个这么强势的老婆却从不慌张的佩佩欧真是我们这些女人的偶像。可要是有人问："如果拿你老公跟佩佩欧换，你换不换？"大家又都会说："不需要那么完美的人啦，现在这个老公就挺好的。那么一个安静又顽固的人，也只有诺诺子才镇得住。那两个人是分也分不开的。我有个差不多的老公就行了。"

我净挑着锅底的鲷鱼杂碎吃了。

"佩佩欧，我还没有吃到鲷鱼，你确定真的放进去了吗？"

"啊，抱歉，被我全部吃掉了。"

"那就算了，如果是你没放的话，我肯定饶不了你。"

我真的很喜欢吃鱼，尤其喜欢吃鱼杂碎，完全不在乎他人的眼光。

诺诺子经常嚷嚷："我要离婚。"

喂喂，就你那个身体状态，离了婚可怎么办？但她就是经常会这么嚷嚷。

诺诺子常年需要服用大量强效的药物来维持生命。稍微受凉，身体立刻就会变得僵直。如果放任不管，听说几分钟就会没命。因此她随身带着治疗僵直的药物。听说吃了这个药之后，真的几秒钟就能见效。

诺诺子成了一级残障人士之后，开始学习竖琴。据说这对康复有很大的帮助。她好像还会去参加一些音乐会，但绝对不会喊上我。大家都说，从没见过这么精力旺盛的病人。我也一直这样觉得。

有一次我问佩佩欧："诺诺子为什么总是那么精神？"

他说："也只有跟你们在一起的时候才会那样，她身体不舒服的时候也会生气，会哭着问我为什么要在她生病的时候救她，为什么那个时候没有让她死。"听到这番话，我只是看着佩佩欧，无言以对。

　　我从不知道她生活得这么痛苦。大约一个月之前，我劝她说："你老公也是老头子了，你也得照顾着他一点，他要是倒下了可就麻烦了呀。"

　　她说："是啊，但我老公很阴险的。"

　　"哪里阴险？"

　　"他累的时候也从不喊累，你不觉得他很阴险吗？"

　　我哈哈大笑。

　　"没关系的，如果他先死了，我就自杀随他而去。"

　　我只能呆呆地看着诺诺子的脸。

　　夫妻一场，真的是一件伟大的事。我借了用来剥银杏的钳子，十点半左右回了家。回家的路上，我完全没有迷路。到家后，我立刻把家里的银杏全都拿出来开始剥，很快就剥完了。我就像个园丁一样，把钳子弄得咔嚓作响，还想再多剥一点。

　　我看了看时间，已经十二点二十分了，就上床睡觉了。

2004 年夏

痛 快 的 日 子

人啊人，真是可悲，太可悲了。关上窗户，我就
会立马变回那个从里到外都邋邋遢遢的老太太，
继续面对生活了。

× 月 × 日

　　睁开眼时，已经不知道是几点了，我又一次躺在床上用脚拉开了窗帘。之前发现自己竟然还能用脚拉开窗帘，我心想这可真是可喜可贺。我不禁想到，要是有一天我真的卧床不起，回想起现在的年轻活力，绝对会怀念到落泪吧。以后就仔细感受自己拉窗帘的力量逐渐变弱的过程吧。我这么想着，心情变得异常振奋。我透过窗户看着外面晾衣服的竹竿和邻居的屋檐，还有对面公寓上方的天空。我看不清楚天空是否晴朗，也分不清现在到底是什么季节。

　　我怀念北轻井泽的清晨，打开窗户就能看到树木、天空，还有静谧的风景。每天长一点点新芽的树木，还有地面、积雪，大自然仿佛时时刻刻都在褪去旧衣。晚春时节，树木新芽那迅猛的长势，快得仿佛能听到声响。

　　我每天早晨都感觉自己变成了一个谦逊友善的人。感觉世界上的每一个人都那么了不起，那么棒。这么想着，就感觉和小小的嫩叶一起轻快地飞到了宇宙彼端。虽说如此，我也不会从床上一跃而起，跑到树边。但我知道，就算心情再差，好心情还是会从坏心情的间隙中"吱扭"一声探出头来。

　　人啊人，真是可悲，太可悲了。关上窗户，我就会立马变回那个从里到外都邋邋遢遢的老太太，继续面对生活了。我怀着自己也搞不清的心情，遥望着外面分不清季节的天空。这时电话突然响了。现在是差十分九点。

　　这是自来水公司打来的电话。"您家的水费停止自动扣费了，我们会给您寄送水费账单。"

　　"啊？为什么会停呢？"

　　"这个我们也不太清楚。账单是从银行转回来的，不是您去银行办理的终止手续吗？"

　　"咦，我没有啊。"

　　"那我们也不知道是为什么了。既然如此，我们会把银行的手续文件连同账单一起寄给您。"

"可是，一直都在自动扣费啊。"

"是这样吗？那这边会再把申请自动扣费的文件也一同邮寄给您。"

"会不会是自来水公司搞错了？"

"这个是不可能的。"

"不可能？你怎么知道不可能？就连电脑都有可能出错。"

"不可能的哟。"（对方好像"哼"地冷笑了一声。）

"那就奇怪了。"

"这件事不归我们负责，不如您自己去银行查一下如何？"

他这种口气，从他说"这里是自来水公司"的那一刻，就让我不爽了。但我又突然想到，没准是我那孝顺的儿子大发善心要替我交水费。总之还是先给银行打个电话吧。银行客服小姐温柔动听、服务满分的营业声音在耳边响起时，我竟然一时忘记了银行是个坏事做尽的地方，只因耳边这动听的声音实在令人心情愉悦。

我和银行都是无辜的。"这种说不定是新型诈骗呢。"客服小姐和我不禁担心起来。

问过银行之后，我的心情喜怒参半，犹如东映电影的片头画面上啪啪地猛烈拍打着礁石的巨浪。好了，战争开始。我为什么就这么喜欢跟人理论呢？

"我说，我去银行查了，他们说我什么都没操作。"我的声音充满了自信与喜悦。

"啊？那我们这边查一下。"

"喂喂，你查都没查，就给我打电话了吗？"这句话说到最后时，我的语气已经像是宣告胜利后喝着庆功酒般正气凛然了。

"过一会儿我们会给您回电话。"

"你刚才不是还说电脑不会出错吗？"

"过一会儿我们给您回电话。"说完，对方就挂了电话。

"……"我还打算继续说来着，可是被对方挂断了电话，我茫然地望着半空，没缓过来。

过了不到十分钟，自来水公司打来了电话。这次对方的语气毕恭毕敬，与刚才简直判若两人。

"的确是我们这边的录入错误。"

"错了就错了，也没什么大不了的，但你刚才那个像警察审问犯人一样的口气是怎么回事？"

"对不起。"

"你以为自来水公司是为了谁开的？可不是为了你们自来水公司开的，是为了用水的市民开的啊。"

"您说得是。"

"你觉得电脑就不会出错了吗？你是觉得机器比人更可靠吗？往电脑里录入数据的可是人啊。总之，你得为你刚才那声冷笑道歉。"

"非常抱歉。"

我也不知道该什么时候挂断电话为好，如果这样一直讲下去，我大概会讲到半夜。

"……真是的。"说完，我挂断了电话。我陷入了深深的自我厌恶。心情实在是太糟糕了。那副得理不饶人的样子连我自己都受不了。我确信自己一定是世界上性格最糟糕的人，痛苦地颤抖了起来。我只要去类似政府机关的地方办事，就一定会摆出一副要吵架的架势。不，踏进政府机关门口时，我就已经做好了吵架的准备。有一次，我去市政厅拿个什么证明书，却被告知必须要有委托书才能取。

"哪里有卖委托书的纸呀？"

"用什么纸都可以的。"

"盖章需要用登记过的印章吗？"

"不用，普通的印章就可以。"

"那我直接在这儿写一封可以吗？"

"啊，这样不行。"

"那在你们看不见的地方写就可以了是吧？"

"是的。"

这是在搞什么？我怒火中烧。"那好，我现在要去那边的柱子背后写了。"

"可以的。"

你竟然还敢说"可以"？

于是，我在柱子背后写了委托书，盖好了印章。

"给，这是委托书。"

"好，可以了。"

明明这样就行了，我能拿到证明书了。可我还是继续说道：

"不用做笔迹鉴定吗？"

"不用。"

"那是不是别人像我刚才那样写份委托书，也可以把我的证明书拿走？"

"……这是规定。"

"那这个委托书有跟没有都一样吧。"

"这是规定。"

市政厅人很多，这样堵在窗口找碴，会给别人添麻烦的。可是，嘴却怎么也停不下来。从市政厅出来的时候，我又陷入了深深的自我厌恶之中，非常消沉。唉，眼前又浮现出了调布市市政厅的大门。

但是，我也有自己的原则，那就是绝不会说出"让你上面的人来"这样的话。这些工作人员也有妻儿，就算是我，也不会欺人太甚。这点值得表扬一下自己。唉，没什么好表扬的。

自来水公司的工作人员估计这时在说我的坏话吧："真是受不了，更年期歇斯底里的老太太。"不好意思，更年期我早就过完了。老年人就是这么好斗，脾气还差。

我到厨房看了看冰箱里还剩些什么。胡萝卜、土豆和西红柿等等都剩了一点，冷冻室里还有一块很久以前的牛排。我又看了看表，十一点了，但肚子还不饿。今天把这些全都一起煮了吧。家里没有芹菜了，于是我打算去教堂街角的那家蔬果店。反正离我家也不远，走两步就到了。

我走在路上，木屐发出啪嗒啪嗒的响声。听着自己的脚步声，真是寂寞。

"请给我来些芹菜。"

"啊，没有芹菜。"

"咦？上次来买时也没有。"老板跟我年纪差不多。说起来，上次也没有欧芹。

"因为我不喜欢啊，芹菜的味太冲了。"老板说。

"这……可是，这里不是蔬果店吗？"

"我讨厌味那么冲的东西。"

听了这个理由，我惊讶得不知道该说什么。

"卖不完剩下的，就只能晚上自己吃了。所以我这儿不卖芹菜。"

"这样啊，那这么说，我什么时候来，都不会有芹菜卖对吧？"

"是，毕竟我讨厌芹菜嘛。"

这是一个称职的老板该讲的话吗？这么说来，我每次来这个老板的心情好像都不怎么好。斜对面鸡肉店的老板也总是端着副架子，闷闷不乐的。

没办法，我只好溜溜达达回到大街上，去西友买了芹菜。

我走在青梅街道上，来到文具店前时，忽然想起来要买一个印章。我骨碌碌转了好几圈放在路边的印章柜，仔细地查找按照五十音图顺序排列的假名贴纸。佐……佐……佐……啊，找到了。可是，今天出门忘了戴老花镜，看不清印章上刻的字，于是我走进店里。这里的老板感觉也跟我年纪差不多。他在这附近还小有名气。提起他，大家都会"啊"的一声，然后笑起来。

"我想买印章，但是忘了戴眼镜了，能帮我看看吗？"

老板透过无框眼镜直勾勾地看向我。"你叫什么名字？"他问。

"佐野。"我话音刚落，他就一副不情愿的样子走出店去，坐在印章柜前面，开始骨碌碌地转起柜子。

我站在老板身后说道："啊，'佐'……'佐'就在那儿，已经找到了。"

老板回过头冲我喊道："你找到了'佐'又怎么样，后面的部分不还是看不清!! 你不就是看不清后面的部分，才来找我帮忙的吗？"

"啊，是，是。"

老板把找到的印章从柜子上拔下来，从我旁边走过时嘴里还愤愤地说了句："真是的。"

这里的老板好像从来就没有过心情好的时候。那个谁，谁来着，好像说过这家文具店卖井伏鳟二[1]用的稿纸，我想看一看，就问道："请问您这里卖井伏鳟二用的稿纸吗？"

他听了，脸色变得比之前更加可怕，说了句："没有。"

我不知道为什么就低声下气地站在原地。

"以前卖，现在没了。"

我立刻追问："是什么样的稿纸？"

"灰线的那种。"

"页眉印着名字吗？"

老板露出牙来，一副好像要吃了我的样子。"老师才不会做这么庸俗的事。"

对不起。在稿纸上印名字真的是很庸俗的事。

"自从有了打字机以后，稿纸之类的就卖不动了！！"他说这话，好像是要我来为全世界的稿纸被打字机和电脑取

---

[1] 日本小说家，代表作《山椒鱼》《黑雨》。

代这件事负责似的。

"啊，请给我拿一个钢笔的笔胆吧。"

"没把笔带来的话，我哪儿知道要哪种笔胆啊。"说着，老板快步走进店里。

"带来了，在这里。"他又走回来，"哼"了一声。

那支钢笔现在装的是蓝黑色的笔胆，但我忽然有些犹豫。"请问有黑色的吗？"

说完就又被老板狠狠瞪了一眼。"钢笔就是要用蓝黑色的。"他说着递给我蓝黑色的笔胆。我也这么觉得。不知怎的，我开始有些喜欢这个老板了。

本来是没打算买的，结果付完钱正要出门的时候，我又看中一个一千零八十日元的塑料箱子，又返回去说："这个也加上。"掏钱时发现钱包里只有一万日元和一千日元的纸币，以及五日元和一日元的硬币了，于是我不假思索地说道："那个，能给我抹个零头吗？"

"你说什么？"老板一脸恨不得杀了我的表情，"真是头一回遇到你这样的客人。拿走拿走！真是服了你了。"

我本来想着这下子总没什么要买的了吧，结果又想起来橡皮也没有了。于是我又走进店里，拿了块三百日元的

橡皮，顺带拿了一卷透明胶带，往收银台走去，拿出一张
一万日元的纸币给老板。

　　"你这人，现在要是我问你找钱时能不能抹个零头，你
会同意吗？"说着他抢过纸币，在手里挥来挥去。我羞愧得
满脸通红。

　　我拿着零钱打算出门时，老板又说："你为什么不能一
次性选好要买的东西？你让我把钱拿出来又放回去，拿出
来又放回去，来回折腾了整整三次!!"但那个时候我已经
喜欢上这个老板了。是的，没错，我真是太笨了。

　　"对不起。"说着，我还微笑了一下。啊，上了年纪的
人，真的很容易不开心啊，可我还是在心里默默地说："大
叔，要加油哟。"我可能是个受虐狂吧。

　　回到家，我也不清楚自己的肚子是饿还是不饿，就先
拿冷冻的香蕉和牛奶用搅拌机打了一杯香蕉牛奶喝了。打
出来的香蕉牛奶颜色脏兮兮的，看起来就像鼻饲用的糊糊
一样。

　　为什么我小时候会觉得香蕉的味道简直像天堂的味道
呢？那时父母总是只给我半根香蕉。他们说，如果吃掉一

整根的话会拉肚子。那时候，北京的香蕉是从哪里运过来的呀？从台湾吗？我当时想，在我死之前，无论如何也要吃一根完整的香蕉。我以为只有我家是这样，结果一问朋友们，原来大家家里都是每次只让吃半根香蕉，理由都是"吃多了会拉肚子"。

后来，香蕉越来越便宜了。价格下来之后，再也没有人说香蕉吃多了会拉肚子这种话了。等到想吃多少香蕉就能吃多少之后，我却发现自己其实并不喜欢香蕉。吃香蕉没有吃水果的感觉，感觉更像是在吃红薯，软绵绵的好像都噎在了胸口。可我家里还是常备着香蕉。

一有香蕉剩下，我就把它做成天妇罗，要不就做成点心，可是孩子们好像对这些吃的也不是特别感兴趣。

有一次，我看到诺诺子像舔棒冰一样舔着冷冻香蕉。原来香蕉还可以冷冻啊。我也试着把一根香蕉分成三段，包上保鲜膜，放进冰箱冷冻。那时候我还挺兴奋。再也不用因为香蕉变黑烂掉而把它们扔掉了。

虽然我既讨厌牛奶又讨厌香蕉，但是总觉得它们对身体有益处。所以每天早上，我都像履行义务一样喝一杯香蕉牛奶。有时候也会发出"啊，真难喝啊"这样的抱怨，但一杯喝下去，的确能让肚子饱饱的。

　　我坐着发呆，发着发着觉得发呆也没什么意思，就去做了一份浓汤。家里剩下的蔬菜全部被我放进锅里，芹菜——让我想起那个讨厌芹菜的蔬果店老板的芹菜，也被我一同放了进去。做浓汤的肉，自然要用在柴火炉子上炖了两天的肉筋。

　　有一次，我往浓汤里放了好多肉筋，撇浮沫的时候因为嫌麻烦，就把一整锅汤倒向笊篱，把汤和肉、蔬菜分开了。汤里还剩了些细末。我尝了一口，很像法式清汤的味道。于是我将咖啡滤纸放在大杯子上，把汤汁再次过滤了一遍，得到的汤清澈得不可思议。我又尝了一口试试，好喝得甚至不输帝国酒店的法式清汤。我连盐都没有放，就做出了地道的法式清汤。原来，我也能做出法式清汤啊。那天，我蘸着芥末吃着肉和蔬菜，喝着法式清汤，一个人感动了很久。后来，我打算再做一次法式清汤，和那天一样煮好肉和蔬菜，一样用咖啡滤纸过滤，但做出来的汤很混浊。我又用两片滤纸叠在一起过滤，汤还是那么混浊。为什么就是做不出和那天一样的法式清汤呢？

我百思不得其解。这样说来，我好像总是无法做出同样的东西。前一次做的散寿司好吃得让自己都惊讶，下次做的就能难吃到让人作呕。真的难吃得会让人吐出来。那段时间我也做出过不好吃也不难吃的散寿司，发挥非常不稳定。有一次，我正因为这件事懊恼叹气，感叹自己老是这样，被一个十三岁的男孩安慰了："正因为这样，家庭料理才让人吃不腻呀。而且听说女人每天体温都会变化，所以做出来的菜的味道也会有微妙的变化。"多么温柔的一个孩子啊。

"为什么你会知道这些？"

"前些日子，在学校里老师教的。"

原来是之前在学校上了性教育课呀。这位老师举的例子真别致啊。

可是，我的更年期早就结束了。明明如此，明明如此，但为什么我做菜时发挥还是那么不稳定？一定是因为我这个喜怒无常、不安分的性格。性格也是病啊。沙沙子的一丝不苟也是病。还有美美子，做菜只看中卖相，实际上一点味道都没有，这也是病。

生病之前，诺诺子做的菜总是又丰盛，量又足。她的两个儿子总是像马吃草一样狼吞虎咽地吃着她做的菜。现在她的两个儿子也到了开始秃顶的年纪。

孩子们正值发育期，大口大口吃饭的那段时间，无论是我们做出的饭菜，还是我们的人生，都无比充实。这种充实是情啊爱啊什么的完全无法相比的。

回顾那些永远回不去的岁月，一股刺痛般的伤感涌上心头。那时候我们都只是感到忙得不可开交，根本顾不上想别的。你们的儿子那时候每人都能吃掉两斤面包啊。

我又发了一会儿呆，电话又响了。"那个，可能您已经不记得我了，我是某某某。"确实不记得了。

"我现在在做一个名叫《乡野生活》的杂志。这次我们打算做一期轻井泽专题，能向您约一篇稿子吗？"

"那个，轻井泽和北轻井泽可不是一个地方哟。"

"是吗……"

"听我说。轻井泽在长野县，而北轻井泽在群马县。北轻井泽只是一个普通的农村而已。"

"啊，原来是这样。不过，还是想拜托您创作一篇插画配上文字的稿子。"

"那我给你介绍一个合适的人吧。他住在中轻井泽，画得一手好画，也写得一手好文章。他太太是玻璃艺术家。他自己有两辆古董车，过着相当惬意的生活。"

"请问是哪位？"

"他叫佐藤允弥，他给《汽车视界》这个杂志画过画，也写过稿子。他的画非常漂亮。"

"那个……还有没有更有名的人选？之前伊豆的那期我们是拜托浅井慎平[1]写的。"

我的火气"噌"的一下就上来了。原来如此，原来如此。

"你们是想做一本时髦的书对吧。"

"是的。"

"不好意思，只要是时髦的东西，我全都讨厌。"说完，我就挂断了电话。接着，情绪又开始低落起来。

啊，这样下去我就要一个朋友都没有了。我已经变得像开文具店的老板那样被人讨厌，别人只要听到我的名字，就会笑着说"哦，那个人啊"。这感觉就像是陷进了肮脏的沼泽里一样。我坐立不安，最后双手颤抖着给诺诺子打了一个电话。

---

[1] 日本摄影师、艺人。任海岸美术馆馆长，大阪艺术大学研究生院教授。

"怎么了？"

"那个，我现在不知道，我是会变成一个好老太太，还是一个坏老太太呢？"

"你在说些什么呀？"

"我感觉自己越来越像个坏老太太了。"

"这么说，你以前是好老太太咯？"

"……我现在成了比以前还坏得多的坏老太太。已经像是超速了的暴走族那样。"

"你在装什么好人啊？我从小到大都被父母和老师说，从来没有见过像我这么任性的孩子。到现在我早就无所谓了。"可是，诺诺子知道什么是常理。而我的常理却只在我自己的世界里适用。之后，我给她讲了一个好老太太和坏老太太的故事。

从前有一个村子，村里住着一个好老太太和一个坏老太太。有一天，邻村办了一场庙会，这个村子里只剩下老太太了。结果邻村的钝兵卫和他老婆，还有坏老太太被杀死了。事情是这样的。钝兵卫的女儿带来了她的男朋友。这个男朋友是一个拿过八连胜的拳击手。这个八连胜小子想跟钝兵卫的女儿结婚。可是，钝兵卫是一个非常固

执，脾气又不好的人，对着八连胜小子一顿臭骂。结果这
个八连胜小子的脾气比钝兵卫还差，两人吵着吵着就动起
手来。

后来，村里的人都说，既然女儿喜欢的话，就没必要
反对嘛。可结局就是八连胜小子杀死了钝兵卫夫妇，光着
脚溜到了旁边的村子，机缘巧合躲进了好老太太家里。八
连胜小子这时已经饿得肚子咕咕叫了。好老太太先给了他
一件洗过的 T 恤，帮他换下脏衣服，又从地里给他摘了些
黄瓜，放他跑了。然后，八连胜小子到了坏老太太的家里，
不知道是什么原因，在那里把坏老太太杀了。

警察搜山抓到了八连胜小子。他也许被判了死刑吧。
村里的所有人都说，那个坏老太太也是死有余辜。

坏老太太曾经住院过一段时间。邻床的人做了手术，
家人准备了米汤送过来。那个人不想喝，坏老太太就说：
"你不喝我喝。"把米汤全喝完了。等邻床的人的家人送粥
来的时候，坏老太太又说："这个你也不喝吧。"然后把粥
也喝了个一干二净。就连不能再普通的米饭她也要抢着吃，
邻床的人的儿媳妇不得不一次又一次地送米饭过来。她就
是这么一个让人天天给她送饭也不敢提出丝毫抗议的可怕

老太太。村里的人都说"那个老太太，一定是说了什么才被杀的"，反而对杀人犯八连胜小子开始同情了起来。

"我感觉自己要变成那种被杀掉都没有人同情的坏老太太了。"

诺诺子说："这种事别太放在心上，反正谁都有死的时候，别担心。"

什么叫"别担心"啊？之后，我一边看电视，一边做黄瓜三明治，吃了浓汤煮的杂烩菜。既不好吃也不难吃。

家里的烟抽完了，我又晃晃荡荡地跑去便利店买烟。

便利店里有个老头儿，我好像在哪里见过他。老头儿在收银台一边买香烟，一边冲着我笑。我大吃一惊。这不是文具店的老板嘛。在店里工作的人，在店外面见到时，总会一下子认不出来。真是吃惊。那个老头儿笑了笑，然后亲切地说道："哎，今天真热啊。"好像跟我很熟一样。我强装镇静地回道："是啊，今年真是出奇地热啊。"老头儿探着身子把万宝路香烟的位置指给收银的女孩："在那儿，不是那边，是更右边的那个。"

最让我吃惊的是，他出门的时候，还冲我挥了挥手。

真是让人头疼。那个老头儿总是怒气冲冲的，让我提

心吊胆，但他的直性子又让我很受鼓舞，所以我才蛮喜欢
他的。

　　可是现在，我感觉连明天活下去的勇气都消失了。

　　我回到家，洗了个澡，睡了。

2005 年冬

痛 快 的 日 子

只要周围的人们不惊讶，我真想一辈子都留着光头。

× 月 × 日

　　因为得了癌症，头发开始大把大把地掉。早上起床后，首先要干的事就是缠几圈胶带在手上，然后把枕头上的头发粘干净。我为什么喜欢起做这种事了啊？看到蟑螂贴粘到蟑螂时，特别有成就感；灭蚁液里漂着的溺死的小蚂蚁，黑乎乎一片，越多我越开心。得癌症之后，我立刻就把头发剪成了两厘米左右的短发。尽管如此，头发还是大量地脱落。啪嗒啪嗒啪嗒，一条胶带粘满了，就再撕一条新的胶带，继续啪嗒啪嗒地粘头发。房间里一团一团脏兮兮的胶带都堆成了小山。

　　无论有多喜欢，也总会有厌倦的时候，今天我干腻这件事了。如果今天掉的是黑发，明天掉的是粉红色头发，那我可能还会高兴一点。总之我已经腻了。对了，干脆去理发店剃成光头吧。就剃成丸米味噌[1]的吉祥物那样吧。为什么我会这么想，而不是想"要剃成寂听大师[2]那样"呢？

于是，吃完早饭后，我就去了理发店。

"我得了癌症，头发掉得厉害。能帮我剃个光头吗？"说完后，那个身材瘦小的男理发师愣住了。

"你如果感觉不舒服的话，也不用勉强。"

"没有没有。"理发师嘴上这么说，但看起来有点抗拒。别忘了谁都可能得癌症哟。

转眼间，我几乎变成了光头。我还有了一个新发现：从出生到现在，从来没有哪一个发型比现在这个更适合我。莫名有种"这就是我"的纯粹感。只要周围的人们不惊讶，我真想一辈子都留着光头。

我知道我剃头之后，脑袋上那块十日元硬币大小的斑秃应该会露出来。因为还有一点稀疏的毛发，我试着用手找了找那块斑秃。找到了。啊，每次摸到这块斑秃，我都

---

[1]　创立于 1854 年的味噌老字号。吉祥物是一个光头的小男孩。

[2]　濑户内寂听，日本小说家，天台宗尼姑。曾获日本文化勋章，以及谷崎润一郎奖等多个文学奖项。

会感慨万千。这是小时候，弟弟拼命地拽着我的头发，使出吃奶的力气，给我拔下来的。可不能把弟弟想成暴徒。我才是我们家的那个坏孩子。弟弟不怎么说话，很安静，很能忍耐，仿佛不是我们家的孩子一样。明明他是家里唯一的男孩。不，可能正是因为他是家里唯一的男孩，所以才会这样吧？

前段时间，我把这块斑秃给我那年过六旬的弟弟看了。

"你还记得吗？"我问他。

"是吗？真是不好意思啊，记不清了。"弟弟用他那一如既往的温厚声音道了歉。这不是你的错。就像杀人犯不一定都是坏人。也有那种会把人刺激得想杀了他的坏家伙，比如我。我这种人没被杀，只是头上留下了一块十日元硬币大小的斑秃，真是应该感恩戴德。

战后的饥荒中，全日本都在拼死挣扎。我的弟弟，如果用一个词来形容，就是太老实了。"机灵"这个词，在弟弟的词典里是根本不存在的。被四个孩子围绕着的餐桌，放到现在的话，完全就是理想家庭的范本。可是，对当时的孩子来说，那简直是一个战场。大家都狼吞虎咽。而且，每个人都有自己的吃饭风格。有的人先吃自己喜欢的东西，有的人则把自己喜欢的东西留到最后再一口吃掉，闭上眼细细品味。我这个人总觉得世事无常，要是现在突然发生一场地震该怎么办？我是那种不想留下任何遗憾的类型。而弟弟大概是毫无保留地相信了这个世界的善意吧。我盘子里的东西总是很快就被我消灭干净了。然后，我就从正专心致志细嚼慢咽的弟弟的盘子里，以迅雷不及掩耳之势，抢走味噌炒茄子、炸肉饼、天妇罗这些他小心翼翼保留下来的美味，然后若无其事地吃掉。弟弟啊，弟弟，我为你哭泣。弟弟直勾勾地看着自己的盘子，一脸疑惑：发生了什么？过一会儿，他又露出一副恍然大悟的表情：啊，好像是自己吃掉了。弟弟虽然表面上还是那副老实的表情，但心里又感觉有哪里不对，好像自己莫名吃了亏。

　　做坏事总是会暴露的。有一天，我记得吃的是炸牡蛎，弟弟突然发现了我在偷菜。他扔掉筷子，冲我扑过来。他至今为止的所有疑惑在这个瞬间全都消散了。那时候，我完全打不过已经气疯了的弟弟。他的力气大到有如神助，远超平常。弟弟抓住我的一大把头发就猛地一拔。简直称得上蛮力了。看着弟弟的小手里攥着的那把头发，我无话可说。毕竟错的是我，无论他做什么，我都没有资格抱怨。

我已经不记得当时疼不疼了。父母都呆住了，甚至都忘记了揍我。平日里那么温和，绝对看不出暴力倾向的弟弟，竟然有如此疯狂冲动的一面，父母大概是被吓着了吧。啊，弟弟啊，弟弟，我为你哭泣。紧接着就像一切都没有发生过一样，餐桌又恢复了平静。

弟弟啪嗒啪嗒地流着眼泪，就着眼泪吃着饭。啪嗒啪嗒，啪嗒啪嗒，他一直不停地哭着。

想到当时弟弟的委屈，就算如今已经过了六十年，我还是会忍不住流下眼泪。

我以为头发这种东西，即使被拔掉了，过段日子也会再长出来。可是，过了好多年，我还是能摸到脑袋上有个十日元硬币大小的光溜溜的地方。随着我不断长大，上了初中，上了高中，当我考试时伸手挠脑袋，手指碰到那块光溜溜的地方时总是会停住。

我一边用手指在那个位置打转，一边又想起了弟弟。不光是这块斑秃，我的肚脐周围还有一个完整的椭圆形白色牙印，这也是被弟弟咬出来的。可我还是不能责怪他这个加害者，因为我知道一定也是我做了什么坏事才让弟弟咬的我。虽然我已经不记得自己做了什么坏事了。

有时候我会觉得，拼命咬肚脐什么的，弟弟做得有点
过火了。不过就算肚子被咬出一个洞来，我也清楚地知道
自己才是加害者。那次估计也是因为食物吧。

那个彬彬有礼、安静沉稳的弟弟前段时间来我家时，
我问他："我家早上吃面包，你不介意吧？"

他"嗯，嗯"地应着，羞怯一笑，然后执拗地说道：
"早上还是得吃米饭。面包可填不饱肚子。"

"是不是还要配上味噌汤？"

"那当然了。米饭就得配味噌汤。其他什么都比不上。
啊，不过我随便什么都可以的。"

我问："那配菜呢？"

"沙拉的话和米饭不搭吧。蔬菜还是得拌着吃。"

"你平常都在吃些什么？"

"吃什么？也没吃什么特别的东西。也就是竹荚鱼干之
类的，做起来太麻烦的东西我是不会吃的。"

"鱼干要配着萝卜泥吃吗？"

"姐，这不是当然的嘛。"

"还有呢？"

"我家照子不太会做饭，只会做些纳豆之类的东西。"

"我家也有纳豆。配蘘荷吃行吗？"

"不了不了，我受不了味道奇怪的东西。纳豆一般不都是配葱吗，不过小葱我吃不惯，要吃就得吃大葱的葱白。哎呀，真的不用特地为我准备什么。"

"还想吃什么？"

"有芝麻拌海带吗？"

"我这儿没有那种东西。海苔行吗？"

"行吧，那就海苔吧。不过，我不吃调过味的海苔哟。"

但我家里剩的就是调过味的海苔啊。

"如果不要调味的，那我就只有腌菜了。"

"啊，腌菜太甜了。"

什么？这家伙骨子里真是个油盐不进的老顽固，不过是装出了一副柔弱的样子。没办法，我只好特地去超市买了一条五百多日元的竹筴鱼干，还有腌海带。为什么买一条这么贵的鱼干呢？是因为弟弟住在清水，而清水的鱼干又便宜又好吃。真是的，到别人家里来，摆出那么一副看似随和实则顽固得要死的态度，真是让人受不了。

于是，我的早餐是用一分钟就准备好的香蕉牛奶和一片面包，而弟弟要的"随便什么都可以"的早餐，我却花了三十分钟才做出来。他像六十年前一样，慢悠悠地品着竹筴鱼干对我说："姐啊，下回我给你寄些竹筴鱼干过来，难得你这么费心，可要说鱼干，还是清水的好吃啊。"

啊？这条竹筴鱼干可是花了我五百日元啊。你每天早上吃的鱼干比这个还好？

不过，弟弟吃的才是正宗的早餐。

想当年，我们家的早餐就是如此。大冷天缩在被窝里，还睡得迷迷糊糊的时候，就能听见厨房传来咚咚咚切萝卜丝的声音。扑鼻而来的，还有鱼干汤的香味。那时候的我，一想到自己长大结婚后，每天都要摸黑起来，用冰凉的水洗菜，咚咚咚地切萝卜丝，就心生恐惧，满脑子都是不想长大不想结婚。那个时候母亲每天早上都要烧柴火做早饭，还要腌白菜。

母亲的手指不短也不细，却冻得通红。一看就知道被冻得够呛。就早上那一阵子的工夫，她至少得做三人份的便当。

而母亲的厉害之处，是到吃早餐的时候，她就已经化好了全套妆容。屋里连块玻璃都没有，也不知是在哪儿化的。父亲用筷子扒拉着腌白菜，咕哝着："有股面霜味。"
母亲不是会轻易低头认错的人，听到这话也会发火，但脸
上还是会露出"这次搞砸了"的表情。

寒冬里冰冰凉凉的腌白菜是真的好吃。我这辈子，到
头来也没有亲手做过腌白菜。其实我母亲也还算不上特别
出色的家庭主妇。那年头，入冬后天气尚好的日子，大杂
院里家家户户门口都会摆着切成四块的白菜。

如今我有一种想法，就是想挨家挨户进去，尝上一口
每家的腌白菜。就如门口的气味家家不同，每一家的腌白
菜的味道应该也有微妙的差异吧。

母亲在北京的时候，也常做腌白菜。我那时最喜欢的，
是菜帮子上没有腌彻底的部分。现在想来，肯定还是菜叶
更好吃。但那时我最爱吃的，都是通常到最后会被剩在碗
里的那部分。

也许在母亲眼里，欢欢喜喜吃着菜帮子的女儿是个好
孩子吧。毕竟我每次吃菜帮子的时候，母亲的脸色都会变
得柔和起来。

那时候哥哥也还在。他喜欢腌白菜的哪个部分来着？
在北京胡同里的中式大杂院里，我们吃着日式的早餐。究

竟是该吃日式早餐呢，还是应该入乡随俗吃中式早餐呢？
我想，应该没有比早餐更能传扬民族文化的事物了吧。可
如今早餐的吃法早就已经五花八门了。弟弟啊弟弟，老实
巴交地生活在世界某个角落里的弟弟啊，你就吃这种"随
便什么都可以"的早餐吃上一辈子吧。只有这样的人，才
是民族的底气。别学你这浅薄的姐姐，给孩子吃的都是什
么牛奶泡麦片，所以才养出了会染一头金毛的孩子。

　　"你家会做米糠味噌吗？"

　　"啊，做的。"

　　照子这个"什么都不会"的弟媳这不是什么都会做吗？

　　"她呀，真的什么都不会，母亲还在的时候都是母亲在
做，现在用的也是母亲留下的味噌腌床。"

　　就那对水火不容的婆媳，竟能做出传承味噌腌床的事。
"什么都不会"的照子可是干过一件不得了的大事。她发现
眼中钉一样的婆婆有了痴呆的症状后，就把身为家主的婆
婆赶出了家门。当时我得知之后真是大受震撼。现在也依
然感到挺震撼的。不过没想到米糠味噌腌床竟然传了下来。
真要感谢你，什么都会干的照子。我说弟弟啊弟弟，六十
三岁的弟弟哟，你娶到那样的媳妇，到底是走运还是倒霉

呢？对你来说，肯定算是抽到了上上签吧。

　　我送他去车站，他还不忘说："哎呀，嘿嘿嘿，要不要给照子买点特产呢……"说着就跑去地下商场买了咸海带什锦盒。

　　"东京的东西可真贵呀。"

　　哎，弟弟啊弟弟，我那在地方小城的角落里，过着朴素到不能再朴素的清贫日子的弟弟哟，你这样一个人，怎么就偏偏长了一对连大黑天[1]和如来佛祖都自叹不如的大耳垂呢？

　　我想起了沙沙子家的早餐。

　　铺上平平整整的餐垫，再煮上咖啡。大盘子里装满了火腿片、烟熏牛舌、生火腿之类的，以及各种芝士，新鲜蔬菜按照三原色摆盘，还有荷包蛋、煎蛋卷等各种做法的鸡蛋，光这些就已经摆了满满当当一大桌子，看着都撑得慌。这算是哪国的早餐啊？

　　我曾经被美国酒店的煎蛋卷吓到过。硕大的煎蛋卷连大盘子都装不下，四周甚至还耷拉了出来。据说做一人份

_____

[1]　日本的财神，七福神之一。

的煎蛋卷要用上六个鸡蛋。我当时心里深切地感觉到，美国人都是野蛮人。隔壁桌坐了一个素食者模样的女人，光吃沙拉。可她的碗几乎有我家洗脸盆的四分之三那么大。虽然有"像马吃饲料似的"这种比喻，然而就算是马吃东西的时候，也是上嘴唇搭着下嘴唇细嚼慢咽。再看那女人的吃相，跟往垃圾桶里塞东西没两样。就算是蔬菜，吃太多一样会胖的呀。看看只吃草的牛，不也长出了霜降肉嘛。三十七年前我第一次去意大利时，几乎所有人的早餐都只是咖啡和面包，说实话我相当失望，一定是因为我觉得外国的早餐应该像沙沙子家的那样丰盛，抑或是终究对母亲做的传统日本早餐有所眷恋的缘故吧。

沙沙子一家美滋滋地吃着丰盛的早餐，商量着中午吃什么。

若还要讲她家的晚饭的话，考虑到篇幅，估计得另起一章了。

"我家的恩格尔系数高得不得了。钱都花在吃上了。不过这把年纪，指不定什么时候人就没了，多在吃上花点钱也挺好的。"

被她这么一说，我随口回了一句"是啊，挺好的"，心里想的却是："你们吃得也太多了。"

　　有一次，我把羊栖菜端到一个年轻女孩面前。女孩惊讶道："呀——好可怕。"

　　"没吃过吗？"

　　"没吃过，这不跟虫子似的吗。"

　　还有一次我端的是豆腐拌胡萝卜。

　　"这什么呀？看着好恶心。"

　　"你早上都吃什么？"

　　"蛋糕和红茶。"

　　"就这些？"

　　"就这些，一直都是这么吃的。"

　　唉……将来日本人的身体到底会变成什么样啊？年轻人眼里只有奢侈品，一个个瘦小得跟蚊子似的，还生得出孩子吗？

　　当时我就觉得日本的母亲都很伟大，也很怀念那充溢着味噌汤香气的日子。可即便如此，我还是做不到我母亲那样，甚至可以说我的早餐根本就是堕落。像这种不好好吃早餐的孩子，就该把他们送去什么社会福利机构，让他们尝尝正经的早餐。

他们的母亲都在干吗呢？明明是家庭主妇，不就应该——

不说了不说了，我对家庭主妇有些偏见，实在是抱歉，我错了。最近起床后，我总想喝上一口浓浓的日本茶。而等我回过神的时候，我就已经手捧着茶杯，躺在床上呆呆地边喝茶边看着电视了。

过去的老太太们都这样。端坐着，用一双皱巴巴的手宝贝似的捧着茶碗，一口一口地啜着茶。不管面前有燕子飞过，还是梅雨淅淅沥沥地落下，她们都只是像猫一样看向远处，静静地喝着手中的茶。那些人与我没有任何交集。而我也在不知不觉间，变成了那些曾与我无关的人。并不是谁教我这么做的，只是回过神时，一杯杯浓茶已经下肚。

沙沙子比我年轻，但终究会有到我这个年纪的那天。那时候的沙沙子，是会喝着咖啡发呆呢，还是不自觉地啜上口浓茶呢？或者即使到了八十岁，依然每天吃着丰盛的早餐，讨论着"中午吃什么"？

话说回来，弟弟啊弟弟。我记得你才三十岁出头的时候，好像就会在早饭前盘着腿，让"什么都不会"的照子给你沏茶了吧。

那盘腿的模样，跟已不在世的父亲一模一样。他变得越来越像父亲。而最像也最可怕的，要数他走路的方式了——全无声响。

小时候，我经常一回头就发现父亲站在身后，然后吓一大跳。每次都会吓一大跳。我那如今已六十三岁的弟弟，也时不时会突然从身后叫我"姐"，我都会像被踩了尾巴一样吓一大跳。父亲去世的时候可比现在的弟弟年轻多了，弟弟却在毫无自觉的情况下越来越像父亲，细想起来还真是可怕。

不过父亲不似弟弟那般和善温顺。那是个会被起"剃刀""毒蛇"这种绰号的男人。而如今"毒蛇"的名号落到了我头上。父亲当年算得上美男子，但我没遗传到他的外在，内里看不见的毒蛇性格倒是一脉相传。

英年早逝的父亲怪可怜的。他生长在贫穷的农家，小时候吃的都是稗子和荞麦一类的东西。前些日子，父亲那已经八十八岁的弟弟还纳闷地说，他到底是怎么念上大学的，谁给他出的钱？

他们过去吃的都是什么啊？是在日本将手伸向中国期间，才吃上了些好东西吗？那段时间差不多有六年吧。

　　"二战"后，我们在中国大陆喝的是高粱粥。撤回日本后，则吃了多年的麦麸饭和红薯。

　　再之后，父母又一股脑地生了一大堆孩子。我要是独生女，估计就不会斑秃，身上也不会有牙印了。

　　我小时候，其实十分厌恶早餐的最后一个流程。我家会在每个人的味噌汤里放上两三条小杂鱼干。然后父亲会监督着我们说："都给我吃。补钙。"

　　可那真是太难吃了。吃着嘴里硌得慌。我是再也不想吃那玩意儿了。哪怕菜帮子再好吃，小杂鱼干都能毁掉整个早餐的美好。

　　说起来父亲尤其爱在补钙上较真。吃炸小竹筴鱼，也会说："给我从鱼头开始吃。补钙。"也不知他是从哪儿买来的。他喜欢拿炭炉一条一条地烤上一大堆，用装粗茶的锅咕嘟咕嘟煮上一煮，再把那锅又甜又咸的东西盛进一个大盘子。鱼头和鱼骨都已经煮烂，钙含量之丰富一目了然。

　　我一直觉得日本的美食集中在下酒菜上。沙沙子家的晚餐，满满都是为了下酒准备的美味佳肴。样样都是父亲到死都没尝过的食物。他要是能再多活些年头，没准还能吃上厨艺尚可的母亲做的海带夹鱼，说不定他还会喊着"补钙补钙"，让母亲把做竹荚鱼片剩的骨头给炸一炸，再撒上盐吃了。这么一说，父亲确实到死都没长过一颗虫牙。他那口略偏黄的牙还泛着透明的光泽，连啤酒瓶的瓶盖都能轻松撬开。一想到那口好牙，就那么在焚化炉里噼里啪啦地烧掉了，我心里不免感到有些可惜。

果然要论含钙丰富的话还是要数小鱼吗？我比父亲长寿得多，每天也吃得不错，然而一口烂牙，在牙医那儿都孝敬了上百万日元了。活得久也没什么用啊。老说什么品质生活，说到底就是费钱。

下午我去了趟母亲那里。出门时为了遮光头，我戴上了帽子。

母亲呆呆地躺着，看样子没认出是我。我也乏了，钻进了母亲的被窝。母亲摸着我的光头，说："这里有一个不知道是男孩还是女孩的家伙哟。"

"你老公是佐野利一吧？"

"我已经很久没做了。"

做什么？该不会是指羞羞的事吧。不过就算是羞羞的事，从痴呆到快要变成透明人的母亲口中说出来，似乎也完全不显得色情了。

我放声大笑。母亲也跟着笑了起来。

"妈，你以前有男人缘吗？"

"还行吧。"

真的吗？

"我，漂亮吗？"

"你，这样就足够了。"

我又大声笑起来。母亲也跟着我笑。

然后她突然不清不楚地咕哝了一句："夏天啊，一直等待着被人发现。"

我突然说不出话来。

"妈，我好累啊。妈，你活了九十年，是不是也累了？你想去天堂了吧？我们一起走吧。话说天堂在哪儿来着？"

"哎呀，说不定就在这附近呢。"

2005 年春

喜欢一件事物哪里需要什么理由，喜欢就是喜欢啊。

× 月 × 日

　　一睁眼，我发现自己紧紧贴在被子上，像嚼了很久的口香糖粘到被子上一样，粘上就扯不下来。小时候，我根本不知道"累"这个字怎么写。累了就在原地睡下，被叫醒了还会撒一顿起床气；有时又会怀疑家里人是不是在自己睡着的时候吃好东西了。于是一到早上，我几乎是从床上弹起来的。

　　年轻的时候，再累睡一晚也就好了。稍微年长几岁，充其量也就是第二天肌肉痛。

　　再上点年纪，肌肉痛会隔上两天再来。当时我还纳闷呢。朋友告诉我，他的宿醉也过了两宿才上头的。这就是老了吗？可也没人告诉过我，老了就会变成这样啊。以前我觉得老年人就应该是老态龙钟的才对，没想到还会有这样不为人知的一面。接着我也就习惯了。这次，一周之后，疲劳感终于在今天找上门来了。

短途旅行，再加上旅行回来后立马签了三百本书，结束的时候整个人是有些蒙的。但我就是靠着读者们吃饭的，读者就是上帝。真的非常感谢。想到这里，放空一切的脸上就自然而然地被饱含谢意的微笑所填满。对每位读者，我都在心里像磕头虫般反复磕头，如此磕了三百多个。我是打心底感谢读者们。

一周后，也就是今天早上。我的身体瘫成了口香糖，而口香糖一样的手臂的肌肉也开始痛了起来。明明都过了一周了。明明当时就只是写了些字而已。这下我甚至不想去上厕所，索性饭也不吃了，像只死青蛙一样趴到了傍晚。

中午前我只喝了些水，去小解了一次，然后就一直趴在床上，毕竟口香糖是不会睡觉的。渐渐地，我有些不开心，然后心情越来越糟糕，最终陷入无边无际的烦躁。啊，真希望有什么开心的事发生，什么都好啊。如今，不，应该说这一整年，就只有看韩剧这一件事能让我开心。我这个行将就木的老人，连起床去买牛奶的心情都没有，却能晃晃悠悠地去比牛奶店更远的录像店。

　　一年前，我做了乳腺癌手术。得知我患有癌症的时候，我身边的人先是一个个脸色煞白，接着对我温柔到让我目瞪口呆。其实我倒是无所谓。毕竟不是说三个人里就有一个人会死于癌症嘛。对大家来说都不过是迟早的事情。对我来说，精神方面的问题却比癌症要痛苦几万倍，因此而感受到的来自周遭的冷漠也是几万倍的。曾在我身边的人都散去了。

　　我变得让人难以靠近。一想到不久后，自己就会变成一个不想死也死不了的废人，我就羡慕起患癌症的那些人来。这种话只要一说出口，少数几位还留在我身边的好心朋友，也会有多远跑多远吧。我的精神问题一辈子都治不好。现在仍然没治好。

　　癌症就像是附赠品。

　　不过，给我做乳腺癌手术的医生啊，就算我是个老太太，也不想胳肢窝下被塞满多余的肉褶子啊。虽然到了这个年纪，除了洗澡也不会再有裸身子的机会，身材已经无所谓了，但谁都不想把肉褶子都往胳肢窝下面推吧。过了一年也没怎么恢复，现在只要一活动，手臂和褙子摩擦，就会感到痛。老实说吧，我要是个年轻漂亮的姑娘，医生你动手术的时候是不是就会更用心一些呢？这褙子也当作附赠品吧。

　　医院在距离我家只有六十七步的地方。如果是家大点的医院，单是走廊的长度也不止六十七步。去医院，还是去离家近的最好。手术第二天早上我就走着回了家，舒舒服服地在沙发上抽了根烟。呼——真是快活似神仙啊。

　　手术前，医生问我是否抽烟喝酒。我是滴酒不沾的。然而医生看着我，突然就笑了："还是会喝一点的吧？"我就算没喝酒，似乎看起来也像是个酒鬼，还是会发酒疯的那种，因此每次提到不喝酒的事，都免不了招来一顿质疑。要说这世上没了什么对我影响最小，那肯定是酒。医生反倒想象不出我跟烟囱一样吞云吐雾的模样吧。就跟牛仔裤刑警松田优作 [1] 临死时抽那根烟差不多的滋味。做完手术，为了能享受深吸一口烟的快乐，我几次三番地溜回家。七天后，我出院了。

―――――――――――

[1]　日本演员，在电视剧《向太阳怒吼》中扮演"牛仔裤刑警"柴田纯。

这病真不错。来探病的人一个接一个，还会给我带来哈密瓜之类的东西。当看到我还是一副大烟囱的样子时，大家都吓得脸色煞白，一脸震惊地说着"洋子你……"，然后呆呆地愣在原地。

据说烟瘾再大的老烟枪，患了癌症后也是会戒烟的。啧，就那么舍不得自己的小命吗？电影《楢山节考》里的阿玲婆婆不也六十九岁就死了嘛。还有人走在街上，平白无故就被掉下来的广告牌砸死呢。

只有朵朵子对我说："没事，没事，按你喜欢的来就成。你活够本了，我也活够本了。"朵朵子因为蛛网膜下腔出血，去鬼门关走了一遭，头盖骨曾经被开了个洞。她把自己的光头往我跟前凑了凑，指着手术后留下的痕迹告诉我："就这儿，这儿。"不愧是死过一回的人，当真好胆量。她到现在也还是满不在乎地表示"我这几乎算是酒精依赖症了"。

有个三十六岁的男人背着个双肩包来探病了。

"给你带来了。"说完，他从包里掏出来《冬日恋歌》全集的录像带。

这就是传说中的《冬日恋歌》啊。这个跟我儿子差不多年纪的男人，平时就是一副冷酷的样子，我明明是他朋友的母亲，他一见着我却会发出"哼哼哼"的嘲笑声。我曾较真地问过他："在你眼里我到底是有多蠢啊，你非得笑话我？"他的回答是"可你就是蠢啊"……

"这个你看过了？"

"虽然跟别人讲不出口，可我真的没法不喜欢裴先生[1]。"他说。他可真是个稀罕的男人。我开始看剧。然后就停不下来了。

从下午一点开始，我恨不得把吃饭的时间都省下来看剧。

好几次我都哭得稀里哗啦。看《寅次郎的故事》的时候我也哭过，但心境到底不太一样。打出生以来我头一次哭成这样。精神在不属于现世也不属于来世的地方，在完全是另一个次元的氛围中游荡彷徨，我哭到揪心。

稀罕男 K 也哭了。他说这已经是他看的第六遍了。无论是在那之前还是在那之后，我都没遇到过他那样的男人。

最后一集结束，我痴痴地沉浸在了从未体验过的幸福

[1]　裴勇俊，韩国演员，在韩剧《冬日恋歌》中饰演男主角。

感中。长夜过去，那时已经是窗外的天空被染成橙黄色的清晨六点。

稀罕男 K，你这不是跟我半斤八两地蠢嘛。听我说"我要睡了"，稀罕男 K 也去睡了。

下午醒来后，我又把录像带塞进机器。隔壁屋立马就传来了窸窸窣窣的响声。接着 K 出现了。K 又躺到电视机前去了。K 的挚友——也就是我儿子，从二楼跑下来对我嚷嚷道："老妈，别流口水了！！"

我还真把抱枕弄湿了一大片。这部电视剧的情节其实相当离谱。完全就是裴先生的受难史。光是车祸就遇上两次，还都是去见恋人崔智友[1]的瞬间。有一次只差三米就能拥抱在一起了，却被大车给撞飞，还失去了记忆。他的发小也对女主角有意思，而且还是个我前所未闻的跟踪狂。这到底是有多执着？不过说起执着，裴先生和女主角也差不多。

可是说女主角执着吧，她却在裴先生和跟踪狂之间来回摇摆，哪个男人劲大点她就立马往哪边倒，让人看着就担忧。"不就是《请问芳名》吗？"没看过的人多半会这么

---

[1] 韩国演员，在韩剧《冬日恋歌》中饰演女主角。

说，一脸了然的表情，可能还带着些许轻蔑。

根本就不是一回事。那部剧确实也演绎了一段阴错阳差的故事。但再看看这边——就比如你正想着裴先生怎么还不登场的时候，也不知他是乘着直升机来的，还是长了翅膀飞来的，总之他立刻就会出现在距离女主角十米左右的地方，围着他那华丽的大围巾，用他那藏在眼镜后面的凝聚了浑身力量的双眼，深情地看向女主角。他总是这样突然出现。然后呢，跟踪狂自然也不甘示弱，从大楼的暗处、从树的背后，随时随地盯着相拥的两人。几次三番地，直勾勾地注视着。韩国的男人似乎动不动就会哭。他们的泪腺好像特别发达。这个国家虽然还保留着兵役制度，却又并不以哭为耻。这个国家的女人也爱哭。儿子说着"我觉得这个女生不错"，也凑过来一起看上了。他似乎会对那种看似狠毒的女人颇有好感。跟踪狂出来的时候，我起身去小解，顺便洗了盘子。

裴先生露出他那一口矫正过的闪亮大白牙微笑时，我的双眼就没法从他脸上挪开。于我而言，裴先生是一种介于男女两种性别之间的存在。到现在我也说不清自己是不是把裴先生当作男人来喜欢的。他不像男扮女装的歌舞伎演员，也不像女扮男装的宝冢歌剧团演员，不是人妖，也不是女人。

"看哪！出现啦！"儿子大喊。

"其实我也不是特别……"我刚想辩解两句，儿子打断了我。

"你只在裴先生没出镜时才跑去小解嘛。"

"但他也不算是我喜欢的类型……"

"你就老实承认吧。"

其实我也不知道喜欢他哪里。尽管如此我还是忍不住想看。

稀罕男 K 这回变得很安静。他陪着我连看了两遍《冬日恋歌》。

K 在我家待了两晚，回去的时候含糊地说了一句："要不，我把它留在这儿吧？"

"可你说不定还想看呢？"嘴上这么说，心里还是忍不住想说"那就留下吧"的时候，儿子开口了："我给你买DVD。"

"快买，快买。"

于是乎，儿子真的给我买了全套 DVD。简直像在做梦。

"我真想把裴先生带回家啊，"稀罕男 K 感慨着，"我甚至都开始怀疑自己是不是同性恋了。"当然，我很清楚稀罕男 K 喜欢的是女人，特别喜欢。

我头一次拥有了自己的 DVD。我原本觉得 DVD 就是用来借着看的，但一想到裴先生会一直在我家，就感到无比安心。我买了台 DVD 机放在卧室，每天一睁眼就会打开它，晚上睡觉的时候也不会关机。平生第一次有这种体验。我是不是太沉迷了？我甚至知道裴先生在剧里一共围过十六条不同款式的围巾。

没多久，一位三十六岁的太太带着一整套《蓝色生死恋》来探病了，据说这是《冬日恋歌》所属的系列的秋季篇。[1]

哎哟哟——送我 DVD 真的没关系吗？这么贵重的礼物。

看来这次又是三角关系。依旧是天马行空的设定。故事从在妇产科抱错了孩子开始，这回轮到女主角受难了。《冬日恋歌》里的裴先生的角色在这部剧里是个超级富豪，而跟踪狂的角色则变成了财团的公子哥儿。

这个国家好像十分喜欢有钱人啊。当然我也喜欢。这部剧的女主角非常穷。结果自然是我又刹不住车了。而且

---

[1]《蓝色生死恋》的作品原名直译为《秋日童话》。

这次我还移情别恋了，喜欢上了男主角的情敌——公子哥儿元斌[1]。那是个如画一样的正统美男子。这位绝对是男的没错了，因此我没了沉迷裴先生时的不安。女主角配合剧情得了白血病。这次这位情敌是个纯洁温柔的人。明明自己是个多金又帅气的美男子，却无欲无求，只是打心底为所爱之人的幸福而祈祷。

　　《冬日恋歌》也有些类似桥段，还有少量乱伦的设定。再看《蓝色生死恋》里，乱伦的要素就更浓了。虽然看着担忧，但到底是别人的事。这部剧里的人同样执着于爱情。在女主角葬礼那天，执着的恋人又被公交车撞到随她而去了。真是莫名其妙。这就是至死不渝吗？埋怨归埋怨，看完两遍后，我又踏上了去寻找元斌影视作品的路。剧情莫名其妙就算了，编剧竟然让元斌中途就退场了。

　　我去了 DVD 店，买了电影《太极旗飘扬》的 DVD。电影的背景是朝鲜战争时代，故事描写了一对贫穷兄弟的悲惨命运。战争的场面贯穿整部电影。这真是部优秀的电影，日本电影跟它完全不在一个水平上。电影里，哥哥对

---

[1] 韩国演员，在韩剧《蓝色生死恋》中饰演男配角。

弟弟有着近乎疯狂的爱。在战斗中，哥哥一心只想着弟弟，像发了疯一样立下赫赫战功。这都是为了让弟弟能早日回家。误以为弟弟被韩国军队所杀后，哥哥又倒戈到朝鲜阵营，化身为复仇之鬼。美男子元斌在电影中饰演弟弟，不过因为是战争题材的电影，他漂亮的脸蛋总是被涂得漆黑。

后来我还看了《朋友》《实尾岛》《我的野蛮女友》《春夏秋冬又一春》等不少电影。部部都很精彩。这个国家对感情的理解为什么会如此深刻？是因为他们相信爱的存在吧。而在日本，你要说你相信爱情，就会被笑俗气。电影和小说里全都是一群浮躁的人，人们对纯爱嗤之以鼻。

我给住在奈良的妹妹打了电话，才发现我们这一家子都在追星。说起韩剧，她也是如数家珍。

"寄给我，寄给我。"我恳求道。

"现在都放在真真子家呢。"真真子是我的幺妹。

一个下雨天，真真子特地提着两大纸袋韩剧 DVD 送来给我。薄情如我只是对她挥了挥手，扔下一句"回见啦"就一头扎进了《情定大饭店》的 DVD 里。奈良的妹妹真是有钱，连《情定大饭店》都买了全集。

然后，我又见异思迁了。

这次的裴先生，是一个冷酷并购者。他从美国回到韩国就是为了收购作为故事舞台的饭店的所有权。而饭店的女经理则是女主角。又是一个三角恋设定。

饭店总经理和女主角曾经是一对恋人。他在客房中遭遇富太太的骚扰，却被公司炒了鱿鱼。心灰意冷的他远渡重洋，在拉斯维加斯洗盘子，过着不安定的生活。

这个国家真是喜欢美国呀。喜欢得简直超乎寻常。动不动就是去美国留学，一个不小心就远渡美国，要不然就是从美国归国……总之绝对不会有人来日本留学——当然，是指在韩剧里。

这个国家怎么就这么喜欢美国呢？小泉首相虽然对美国也是一副乞哀告怜的态度，但韩国对美国的喜欢，和日本对美国的那种喜欢似乎又有些许不同。

为了保住饭店，精英总经理回来了，与想收购酒店的裴先生展开了争夺恋人的激战。这回我看上的是总经理。他以高超的领导能力，守护着几近破产的饭店。而对恋人那份未宣之于口的情感，又何尝不是一种执着——沉默的执着。我不禁怀疑这个国家到底存不存在不执着的人。

数十年前，一个韩国男人曾跟我说："我不会跟韩国女人谈恋爱。只要睡过一次，她们就会追着你到天涯海角。"他其实也曾是个执着而专一的人。他对初恋女友的感情，持续了十七年之久。"我变成花花公子（哪儿有人这么说自己的？），都是对她的复仇。"他还厚着脸皮说出了"我要跟欧美女人恋爱，然后跟韩国女人结婚"这样的话。据说是因为韩国妻子的贞操观念根深蒂固。最终他确实也这么做了。

我认识他将近四十年。从第一次见面起，他就向我控诉对日本帝国主义的仇恨。等我回过神的时候，我已经声泪俱下地跪着向他道歉了。"日本人太不了解历史了。每个听完这些的日本人都会哭着向我道歉。"

我是接受"二战"后的日本教育的人。日教组[1]的老师们教给我们，日本是个蛮横残暴的国家，所谓爱国心其实是军国主义的体现。太阳旗和国歌《君之代》都不是我们该尊敬的东西。即便如此，毕业典礼上还是升起了太阳旗，我们还是合唱了《君之代》。

---

[1] 全称为日本教职员组合，是日本著名的左翼组织，主张正确认识和尊重历史。提出"勿把学子再送战场，勿让青年再握钢枪"的口号，并反对在毕业典礼悬挂日本国旗和齐唱日本国歌等行为。目前绝大部分学校使用的都是日教组监修的左翼倾向教科书。

　　跟那位韩国友人走在街上时，我因为哼了一句"乌——
鸦——啊，为什么哭泣……"竟惹得他大发雷霆。"你到底
是有多神经大条？你知道我打小被逼着唱日本儿歌时，是
什么样的心情吗？"我被吓了一跳，只能耷拉着头听他发泄。
可这种事哪儿有说得这么简单呢。

　　每隔几年我们都会见一次面。

　　那是某个炎热的夏日，他刚坐下就开始念叨。

　　"日本的夏天是怎么回事？又闷又湿，真让人受不了。"
他抹了一把额头上的汗，"一下飞机，一股让人难受的热
气就从后颈蹿进来。这种热气从后颈蹿进来掐紧脖子的感
觉，就像当年日本帝国主义侵略韩国时一样。"说着他直
摇头。

　　这是连日本的气候也要我来负责吗？这叫我该怎么说？
不过也没办法，谁叫日本确实就是个蛮横残暴的国家呢。

　　我只能对他说："下次还是秋天或者春天来比较好吧，
实在抱歉啊。"转念一想，自己一辈子都是伴着这样的夏天
过来的，至死我也体会不到什么叫夏天清爽的风。也不知
道我在抱歉什么。

　　两三年前他又来了日本，又是一坐下就开始了："日

本的……"

　　那一刻我仿佛听到了我右脑顶部"咔嚓"一声，像是有什么东西断裂了。已经三十六年了。没错没错。你已经压制我三十六年了。我受够了。你要恨，就恨一辈子，恨到你满意为止。可恨来恨去能改变什么？我根本就没见过也没经历过帝国主义时期的日本，你难道还想让这样一个我独自承担起这个国家过去的暴行吗？

　　你到底要我怎么样？我真的再也不想见到你了。一直以来，我以我的方式珍惜你这个我唯一的韩国朋友。我扪心自问这三十六年，对你从来都是以诚相待。但我再也做不到了。你是一看到我这个日本人，不说点什么就不痛快对吧？我也时日无多，没什么未来了。可正因如此，哪怕只是绵薄之力，我不也在努力地去改善两国之间的关系吗？

　　我微笑着，亲切地跟他道了别。再也不见，这一次真是绝交了。我又笑着摆了摆手说拜拜。

　　跑题了。冷酷的裴先生为了挚爱的恋人，抛弃了财产和地位，变得一无所有，但他却和爱人紧紧地相拥在了一起。

　　执着的总经理果然又像跟踪狂一样，躲在柱子的背后静静地看着他们，随后转身离去。然而那离开的背影上，却依旧承载着执着的重量。不过这次我认定那个总经理了。一个在日本留学过十年的首尔女生告诉我，饰演总经理的金承佑[1]，曾闹过出轨丑闻，弄得全国皆知。

　　就对男人的下半身放任自流吧。

　　我晃晃悠悠地走进录像店，径直就找到了一部金承佑的《新贵公子》。虽然名字有些古怪，但我还是把整套都买了下来。

　　我紧紧扶着栏杆回到家，倒在了床上，开始看起这部名字有些古怪的剧来。

　　沉着能干的酒店总经理，这一次摇身一变成了充满朝气、爽朗的穷小子。灿烂到耀眼的穷小子，每天都精神百倍地干着送水的活。这是一部男版《灰姑娘》，是男主角和类似"现代集团"那种大财团董事长千金间的恋爱故事。

　　口香糖状态的我，又沉浸在了幸福之中。谁能想到，能让我这六十六岁的老太太充满幸福感的，竟然会是韩剧。

---

[1]　韩国演员，在韩剧《情定大饭店》中饰演男配角。

　　要是没接触到这些，没体验过这种幸福感就死掉了的话，我这一辈子可就亏大了。太感谢了。即便是我这样的人，一生中也是有过几次幸福的瞬间的，不过这种幸福感跟以往的感觉有本质上的区别。

　　因为是人工产物吗？可影视剧不全都是虚构的嘛。我看过不少优秀的电影，也为无数电影落过泪。还有不少电影曾抚慰温暖过我的心。

　　然而我总觉得还是存在着本质上的区别。这种幸福感到底是什么呢？

　　要说故事情节，全都是为了迎合大众口味编造出来的，处处是逻辑硬伤。可就是觉得幸福，特别特别地幸福。不少人曾经对这些进行过各种分析，而我不想这么做。喜欢一件事物哪里需要什么理由，喜欢就是喜欢啊。

2005 年夏

痛 快 的 日 子

我是孤独的，却是幸福的。

× 月 × 日

　　汗水湿透了全身，我醒了。虽然眼睛睁开了，却还是感
觉没有清醒。大脑的九成还在做梦，先前的梦还堆积在那里
没有散去。我连忙看向窗帘，又用手摸了摸被褥，只觉得心
突突地跳，脑海里还回想着梦中的情节。这是一个很长很长
的梦，我梦见自己得了老年痴呆。梦里的我，察觉到自己开
始有痴呆症状时，就想着打电话通知其他人。可抓起话筒时，
我却不知道要打给谁。但我还是伸手去转拨号盘，拨号盘却
从手指上滑开了。面前竟是一部老式的拨盘电话。我明明不
知道要打给谁，却疯狂地转动着拨号盘。拨号盘不停旋转，
电话呈现出白色迷彩服一样的花纹，轮廓也逐渐模糊起来。

　　下一个瞬间，目所能及的一切事物都成了白色迷彩，

迷彩和大脑"咣"地撞在一起，迸裂飞散。我的脑浆四散开来，整个世界里到处都是白色的斑痕。

我的身体和头都向着四周飞散，只剩下一堆白色的东西在蠕动。

在梦里，我意识到原来这就是母亲正在经历的。我曾经对这些一无所知，如今了解母亲的状况后，就感到自己的痴呆程度已经跟母亲差不多了。这种意识到谁都无法得知我变成了这种状态的感觉，凌驾到了不安与恐惧之上。即使在醒来后，我也还没从自己变痴呆的梦里走出来。我缓缓地起身，缓缓地到楼下的房间坐下。脑子还停留在梦中。我摸了摸桌子，又蹭了蹭膝盖，似乎还是没有恢复正常。

我就这样呆坐了差不多一个小时。

为了把自己拉回现实，我又看起韩剧《洛城生死恋》来——第二遍。看的时候，一个声音在耳边一次又一次地响起："在你心里，母亲和李秉宪[1]到底谁更重要？"

"还是去看看母亲吧。"我虽然舍不得李秉宪，但还是下了决心去看望母亲。这下我终于明白，下决心这件事，是需要很

---

[1]　韩国演员，在韩剧《洛城生死恋》中饰演男主角。

强的意志力及行动力来支撑的。而韩剧里只要有心就可以了。

在去程的车上，对母亲的哀怜、非去不可的责任感，还有今早的那场梦，这些都使我惴惴不安。

我整个人都耗在了韩剧上。我这人一向谨慎，在旁人看来也许会有疯疯癫癫的时候，但没有因任何事而沉迷、沦陷过。

我对名牌货不感兴趣，也不是嘴馋的人，因为嫌麻烦而几乎不去旅行，更没有乱搞过男女关系。电影什么的，之前都是从录像店借来看的。然而自从家里有了《冬日恋歌》的 DVD，感受到了裴先生在家中的那份安心感后，我就一发而不可收。我开始买起了各种成套 DVD。那些东西可真不便宜。眼看着家里的架子一点一点地被填上，一想到要是录像店新星堂的小哥记住自己了怎么办，我就忐忑不安。也不知我到底是在担心什么。怕人家认为自己是个哈韩老太太吗？其实我只是个普通老太太而已。

我身边都是一些会邀人去看歌剧、能剧或是岩波电影的女人。要是想跟谁讨论一下韩流，免不了招来哈哈一顿笑。我是孤独的，却是幸福的。有一位编辑去年刚退休，跟我关系还不错。她是一个做事一板一眼，颇有涵养却难以接近的女子。没想到她竟然沉迷韩剧了。这简直就是奇迹！这人一迷上什么，比我还老实坦率，从此每天都要跟我煲很长时间的电话粥来聊韩剧。

她最喜欢裴先生的背影。而我最喜欢李秉宪在要开口时，左唇边薄薄的皮肤粘在唇角的那一瞬间。

然后有一天，在世界各地云游的中国人坦坦先生，邀请我一起去韩国。《冬日恋歌》中有一处雪景林荫道。而那条林荫道的取景地的岛主，据说是他的朋友。我第一次知道那里是一座岛，而且还是私人岛，难免有些诧异。而当我把这件事告诉那位有涵养的朋友也哉子后，她二话没说就答应要去了。

原来那座岛上还有一家饭店，里面有裴先生在拍摄电视剧期间曾经住过的房间。

我先前也曾去过首尔两次，但每次都心情沉重。光是自己是日本人这件事本身，就已经让我紧张不已。当有上了些年纪的人笑着用日语跟我搭话时，我心里就翻江倒海五味杂陈。我会在心里默念着：对不起。你们会日语全都是日本帝国主义的侵略造成的。怀着那样自责的心情，我无论如何都不能悠闲地观光旅游。

那时候首尔还在建设的热潮中，到处都尘土漫天，一片荒凉。

那是三十多年前了。唯一的那位韩国朋友是朝鲜贵族家系的知识分子，连走路的姿势都有大人物的风范。每次他一迈开步子，就有蒸汽机车缓缓发动时的感觉。

他说："韩国变得越来越差了。只会学一些日本的糟粕。"

"日本也一样啊。日本年轻人个个都想变成美国人。"

也不知道他是有多不服输，还是有些受虐狂，他又接着说："日本只学美国就行了。韩国却既要学日本又要学美国。"然而这样的他却会五种语言。他用标准的日语对我说语言是与外国沟通的基础。

他说："知道吗，日语里的'无聊'，其实指的是百济没有的东西。"哦，是这样啊。他知道我一直以为"放松"这个词念"tsukurogu"后，又告诉我："是'kutsurogu'，脱鞋的意思，引申为放松。"[1] 哦，原来如此。

---

[1] 日语里"无聊"的读音是"kudaranai"，"百济"的读音是"kudara"，"没有"的读音是"nai"。日语里"鞋"的读音是"kutsu"，"放松"的读音"kutsurogu"与"脱鞋"的读音"kutsunugu"相近。

回国后我买了一些学者写的科普书。刚一翻开，就见上面赫然写着"你能列出五个朝鲜名人的名字吗？"我只知道安重根[1]和李承晚[2]。要是换作英国人或者法国人的话，倒不是说能不假思索，但也还是能说出几个的。而且我对美国南北战争那一段历史颇为熟悉。

日本还真的是什么都学西方呢。每次去国外，我都有种变成夏目漱石[3]的感觉。没错，都过了百年了，一提起日本还是夏目漱石。也不知道那些不知道漱石的年轻人在国外会做何感想。

第一次去巴黎的时候，我为巴黎自然的色调所惊艳。我看过不少法国电影，印象中的巴黎是黑白的。雨落在淡淡的石板路上，只有石板的边缘泛出一丝微光，即便是黑白的，也是美的。

而彩色的巴黎，更像一首散文诗。没错，没错，我说的是四十年前。至于美国，一开始就是彩色的，因为我最

---

[1]　朝鲜爱国志士，曾在中国东北和俄国远东地区组织朝侨抗日武装，与日军作战。

[2]　韩国总统（1948—1960）。早年从事反日独立运动，曾任韩国临时政府总统。后长期居住美国。

[3]　日本明治时代小说家，代表作《我是猫》《哥儿》。

早看的美国片就是《乱世佳人》。驻日的美军的脸都是淡粉
色的，实在让人不舒服。

因为对邻国心存畏惧，所以就算强迫自己去学习关于
邻国的东西，也总是没法全身心投入。于是我索性忘了邻
国的存在。而邻国出现在电视上，要么是因为教科书问题、
参拜靖国神社的问题，要么是要求谢罪抑或与歧视相关的
话题，看到这些只会让我更抬不起头来。

在接触到裴先生前，那个国家都是无色的（虽然我实际去
过邻国的首尔）。就连黑白都谈不上。有的只是沉重的心跳声。
就像用一把大刷子蘸上墨，将空间涂了个满满当当的感觉。

岛的名字叫南怡。是一个位于河流当中，樱花盛开的
小岛。那条雪景林荫道，如今处处闪着新叶的微光。我一
直以为樱花是日本的植物（顶多还知道有樱花从日本被带到
华盛顿，如今开得很漂亮）。当看到樱花时，我不禁心里一
紧，脑海里闪过一个念头：厌恶日本的韩国人，一定也十
分讨厌樱花吧。但转念一想，毕竟是一衣带水的国家，有
樱花也并不稀奇。我这才放下心来。

同行的也哉子，自我们从羽田机场出发时起就叽叽喳

喳的没停过嘴。不过也是，旅行就该带着一颗兴奋的心嘛。

到了南怡岛，才发现岛上视线所及之处全是日本大妈。南怡岛这位有钱的主人相当有经济头脑，为了迎合日本大妈们，岛上到处都设置了明了易懂的标记解说，比如这里是《冬日恋歌》某个场景的拍摄地啦，那张是让雪人亲吻的桌子啦。

第二天，我和也哉子在码头的时候，就有日本大妈过来。

"请问两位是跟旅行团来的吗？"

"不，不是的。"

文化人也哉子立马撇清关系。潜台词——或者说已经明摆着就是不想被跟普通大妈们混为一谈。我觉得好笑，但心里其实也是一样的想法。怎么说我们也是岛主朋友的朋友，住的还是裴先生曾经住过的房间。

这位大妈是前一天跟着一个两千人的旅行团从日本过来的。据说因为东京没了名额，她特意跑到名古屋才终于报上了名，连她自己都不禁感叹："我还真是了不起呢。"

听她说起"不管来多少次这里都那么美"，我们就问她是第几次来。"我这次还只是第二次。"她应道。

我是真心感谢这些日本大妈的。她们并非看了什么宣传，也不是看过哪位评论家的文章，而是自己发掘了韩剧的种种，然后如地心岩浆又如海啸般将韩剧推到了潮流的顶点。她们并不以此为耻，更不在乎旁人的评价，沉溺其中。谁承想这一举动却改变了日本。她们完成了外交官、大学者、艺术家们都没能完成的壮举。而像我这样迟到的跟风者，除了在韩剧中沉迷堕落，别无长处。

韩剧让我那颗战战兢兢的心有了避风港，不仅如此，还让我随时被幸福感包围。这一年来我已经完全上瘾了。每部韩剧我都会看上好几遍。很花时间，但又忍不住不看。

这么做真的好吗？而且还费钱……

大妈们很寂寞，每日无所事事。大家剩下的日子也不是那么多了。家里只剩个成天瘫着不修边幅的老头儿。也许只是为了一份懵懂的情愫，或是听任家人安排相亲，才步入了结婚殿堂，结果发现所谓不顾一切的爱情根本是无法触碰到的梦。

其中也有人曾轰轰烈烈地走到一起，但热情却无法持续。最终别说和丈夫做爱了，只要看到丈夫在眼前晃就会心生厌烦。应该说不光是丈夫，跟谁都不想再做爱了。她们已经太过于熟悉身体上的感触，不想再身体力行去爱，甚至可以说根本就是觉得麻烦。但她们却又眷恋那种感觉，想要被疯狂爱着的体验。而且还是要同时被两个奋不顾身的人所爱，那会是一种怎样的感觉？一个人不够，必须得是两个人——这是基本条件。

其实大部分韩剧里是没有性爱情节的，甚至连接吻的镜头都少得可怜，然而耳鬓厮磨的拥抱却恰到好处地撩拨了人心。那些日本男人不好意思做的事，韩剧中的男人却能毫不在意、大大方方地去做。

把玫瑰花摆成心形，因事故陷入昏迷状态却还声声念着恋人的名字，为了将角膜移植给眼盲的爱人而自杀……冷静下来细细品味，理性就会让你发现这些情节有多荒谬。理性不会允许矛盾存在，而感性却如同矛盾的岩浆，随时准备喷发。管它是什么情节，我们只想看更多、更多……

大妈们在看韩剧的时候，有时候还会突然切换到母亲模式。我们这些大妈，从来无法对子女的婚姻问题或是男女关系指手画脚。即便瞬间就能看穿女儿的男友有多不可靠，可面对被爱情冲昏了头的年轻人，又能说什么？毕竟我自己都经历过两次失败的婚姻呢。

韩国的父母却拥有话语权。只要他们反对，孩子就绝对结不成婚。韩国父母的强势、自我、算计和态度，简直到了不讲理的程度。这一切让日本大妈们憧憬。韩国的母亲们，在替自己做着自己不敢做、不能做的事。而韩国的父亲们在家里也是绝对的权威。韩国的孩子们跟父母打招呼的时候，甚至得几次三番地屈膝鞠躬。

父母一退场，大妈们又会回到为年轻人的爱情恸哭的模式。真是切换自如呢。

故事情节的展开根本不用担心，因为几乎只靠感情戏推进就够了。不论是恋人之间的爱情，还是家人之间无法割舍的亲情，抑或是为朋友两肋插刀的友情，总而言之，就是一个"情"字贯穿始终。

韩国人会不会觉得总是面无表情或是谄笑的日本人恶心呢？

日本大妈们的世界，从来都只有自己和家人。在她们身上几乎看不到社会性或客观性的影子。因为要是有了这些，就守不住家和家人。不是粉皮碧眼的西洋人，也不是日本人，有着和自己相同面孔的隔壁韩国人适时出现了。然后我们跳进了这个坑里无法自拔。于是也就有了这个身在南怡岛的自己。

第三天的行程，是从束草去板门店。我从没想象过韩国的海会是什么样子。希腊的海曾是我憧憬的地方。韩国算是半个岛国，也有着美丽的海岸线。

　　越靠近三八线，海水的颜色越蓝。因为那一带被铁丝网包围了起来，没法靠近。板门店就像电影《共同警备区》里拍到的那样，看来那部电影应该没有投入太多资金。

　　民族分裂有多么可怕，身为日本人的我们是无法体会的。我和也哉子都陷入了沉默。

　　韩国朋友说，是他们的三八线让日本免遭共产主义的影响。而朝鲜战争甚至还让日本发了一大笔横财。

　　"朝鲜是从来没有侵略过别国的国家。"

　　说得没错，毕竟你们把所有的感情都倾注在了内部，无论爱憎都消耗在了内部，哪里还有心力对外。朝鲜和韩国之间的纠葛明明只是同一民族之间的爱憎情仇，最后还不都演变为民族内战了吗——心里这转瞬即逝的念头，要是被韩国人知道了，我估计会被干掉吧。

　　据说光是两班[1]本家坟墓的问题，本家内部就争了三百多个年头。

　　可我只是一个大妈。大妈对这些并不敏感。连长期闲

---

[1]　朝鲜王氏高丽和李氏朝鲜官僚地主阶级的称谓。

置的情感口袋已经空空如也，我都没察觉。开始看韩剧后，
那些未曾实现过的情感源源不断地被注入了情感口袋。若
是没接触这些，我应该至死都不会发现这样的情感吧。人
生就是这样。那些映在电视显像管上的虚构故事，却让我
感到无比充实。这么一想自己还真是赚到了。

我和也哉子吃了很多红通通的辛辣韩国菜。回来后连
大便都成了红色。

母亲呆呆地躺在床上。我把切好的西红柿拌上糖给她
端了过去。她似乎只对甜食还有些意识。

我让她坐到椅子上，把西红柿喂到她嘴里。

"好吃吗？"我问她。

"不难吃。"她回答。

我大声笑起来，母亲也跟着我笑。

母亲睡下后，我也在旁边躺下了。

我向来都会睡在母亲的身旁。我会摸着她的手，那双
手总是很凉。曾经富态的母亲，现在已经瘦得皮包骨了，
我才知道原来人类可以瘦到这种程度。见我钻进了被窝，
母亲竟邀请护工也一起钻进来："来这儿睡。"

我回忆起了早上的梦。

"二战"结束的时候母亲才三十多岁，带着五个孩子。能生五个孩子的母亲很了不起。"二战"结束后的那两年，也是母亲在维持着家里的生计。为了变卖一些家当度日，她会去黑市叫卖。她朝着俄罗斯人和中国人吆喝："酒嘞酒嘞，自酿酒——"母亲出门叫卖时，父亲就会靠着壁炉，吸溜着鼻涕给孩子们读《安徒生童话》或《格林童话》。父亲在"二战"结束后变得十分懦弱。母亲卖完酒回来时总是精神饱满的，她把赚来的钱用来买高粱和豆渣，然后从包袱皮里拿出来，骄傲地向我们展示她的成果。我总觉得那段时日，是母亲一生中最有生气的日子。

曾经有人开着货车来过我家偷东西。他们从我和哥哥睡觉那屋的窗户一拥而入。那时候还是夏天，床上支着蚊帐。父亲刚想从蚊帐里钻出去，一个人用手枪抵着父亲的头，说："敢出来就杀了你。"父亲老老实实地待在蚊帐里，母亲则看准时机从另一头钻了出去。她摸去厨房，抄起平底锅和锅盖，再用锅和锅盖疯狂敲打另一间屋子的窗户，尖声呼喊："有强盗——有强盗——"贼们被喊声惊动，只抢了一张绿色的桌布就逃之夭夭。那时母亲的叫声，估计方圆百米都听得见。

第二天，一位住得还挺远的大妈过来探望，她夸母亲"真能干"。那时的母亲神采奕奕。

农民出身，家里排行老七的父亲，除了念书啥也不会，不过倒是有一双巧手。他把破布剪成条，编起草鞋来。他越编越多，等编了十双左右的时候，就拿到大街上去，然后对我说"你把这些卖了"，而自己跑去不远处走来走去，观察我这边的情况。

七岁的我，那时候满脑子都是"啊，我得好好保护父亲"，虽然只有七岁，却已经是个小大妈了。

有一次父亲不在家时，有人跑来想抢灯泡。母亲让我们几个孩子排成一排，一边比画一边向对方哭诉："我丈夫战死了，家里有五个孩子，我们过得很艰难。"那个人心生同情，打消念头离开了。五分钟后，我那"战死"的父亲晃晃悠悠地就进了家门。

那时母亲也神采奕奕。

其实我觉得应该不只是母亲，许多家庭能够平安撑过日本战败后的混乱时期，靠的正是那些不顾形象拼命奋斗的家庭主妇。

无论怎样的女人，在必要关头都能化身为无敌的大妈。

而这一次，大妈们又冲破了历史在韩国和日本间筑起的高堤，翩翩而至。

大众层面的交流头一次如海啸般涌入了韩国（虽然我不确定在对方眼里这算不算得上交流）。

是一位围着围巾，笑起来会露出矫正过的洁白牙齿的男人促成了这一切。幸甚有你。

母亲在一天天地改变着，变得越来越不像她。而痴呆后的母亲，却变漂亮了。

最神奇的是，连性格也变好了。

正常时的她蛮横又强势。曾经我苦于应付那样的母亲。在母亲开始变得不像她自己后，我原谅了她。虽然会遗憾没能在她尚清醒的时候与她和解，奈何现实总是不尽如人意。如今觉得似乎只有自己遂了心愿。

"你看，那边有个白色的人。"

"在哪儿？"

"那儿。"

哪儿都没有白色的人。

母亲在知道我交上在日韩国人朋友后，曾对我说过：

"不许跟朝鲜人来往。"说得那叫一个理所当然。

在正常的母亲眼里，那似乎都是天经地义的吧。

要是母亲变成现代的大妈，现在也就五六十岁的话，应该也会沉迷裴先生深情的露齿一笑吧。真可惜呀，母亲并没有赶上好时候。

2005 年秋

痛　快　的　日　子

要是每件事都去深究原理的话，人就没法活了。

×　月　×　日

　　我被 A 出版社 Y 编辑打来的电话吵醒了。他专门来通知我，因为我是手写原稿，交稿日需要提前四天。

　　"好的。"我痛快地应诺了下来。毕竟交稿日还早着呢，我自认为问题不大。

　　没过多久我感冒了。反正感冒了，我睡也睡得心安理得。其实就算没有感冒，我也几乎都是与地面平行地生活着。我全身上下都在控诉自己的懒惰，因此充满了焦虑。这十来年，我一直处于焦虑中。

　　我走到厨房，掀起锅盖。独居的话，买的蔬菜很快就会蔫掉。有时候可能连着三天吃的都是芝麻拌菠菜。我把多出来的蔬菜一把接一把地扔进锅里，倒入大量水煮上，再放进西红柿，连调味都省了。只盛出汤汁的话，看着跟透明的清汤没两样。我尝了一口，味道不错。洋葱的甜味、黄瓜的清爽以及青椒的香味浑然一体……嗯？仔细品尝，隐隐约约还有些茄子味。

我每天都会煮上一大锅蔬菜。蔬菜真是好东西。不过能像这样区别出各种菜的口味，也是变成老太太之后的事了。我继续煮着锅里的菜，又往里加了卷心菜芯。汤出锅后，我心不在焉地就着汤吃了些吐司。每天我都吃着同样的东西。

我漫不经心地打开电视，正巧看到在播谈论老年痴呆的节目。

"我察觉到母亲的古怪，是从她总是只做同样的食物开始。"

啊？从去年七月开始，我已经躺着看了一整年的韩剧了。得了癌症，乳房也被切掉后，我安慰自己无所谓没关系。然后靠着韩剧，我一次次地扛过了抗癌药带来的不适感。谢谢呀，我真幸福。

我突然发现下巴的部位有时会发出像脱臼一样的声音，而且越来越严重。也不知道该挂哪个科，索性就去看了牙医。

"你是不是有托腮的习惯？"

被问到这个的时候，我心里咯噔了一下。我可没有什么需要托腮思考的人生志向啊。

"没有。"

"那你会不会长时间把头转向同一个方向？"

"……"

破案了。

"也许吧……"也许？我这个谎话精。

"那就尽量多让头往反方向转试试。"

我没精打采地走在路上，边走边想着：反方向的话，不就只有墙壁了吗？虽然会变得无聊，但还是暂时戒掉韩剧比较好吧。也就是这时候，我才惊觉自己变笨了。这一年来我甚至没怎么好好看过书。而现在我真切地感受到不光是脑袋，愚笨已经渗透到了我身体的每个地方。

是啊，看韩剧根本不用动脑子，只需要用心就够了。连偶尔看的书，也都是跟韩国有关系的内容。因此，我对韩国的历史文化倒是有了浅显的了解。两班制度简直无药可救。即使我不是朝鲜人，也不难体会到他们对祖国的绝望。无论是否参考司马辽太郎[1]的著作，朝鲜和日本自古以

---

[1]　日本小说家，创作过许多历史小说，代表作《坂本龙马》《坂上之云》。

来都有着千丝万缕的关系，让人根本无法将它们区别开。

可现在的我是日本人，我的祖国是大海环抱的日本。它的历史悠长，且还会一直延续下去。即使我死后，人类的历史依旧会继续向前。

"听说你因为看太多韩剧，把下巴看掉啦？"有朋友特意打电话过来笑话我。我听到后很不高兴，不过好在下巴的毛病一周左右就痊愈了。

反正还在感冒，我就继续心安理得地躺着。等我回过神时，已经离交稿日没多久了。嗯？因为是手写，就只有我得提前交稿吗？不觉得太过分了吗？

我问另一位编辑："现在还有人手写原稿吗？"

"该说是不多见呢，还是……好吧，其实是没有。"

"这样啊。"我的声音是有气无力的。

不用打字机或者电脑，并不是因为我有什么特殊的想法或主张，而只是因为我不会操作有两个以上按键的机器罢了。为此我也很懊恼。哪怕是用自动售票机买车票，我都会手忙脚乱，惹得排在后面的人不耐烦地咂嘴抗议。我本来也更愿意在售票窗口找票务员大叔买票，就连去银行，也是更想从银行的柜台小姐手上取钱的啊。

当我意识到的时候，我已经完全被这个时代所抛弃。这一次我深刻地感受到，属于自己的时代已经落幕，而我自己也走到头了。我在这个时代里，已经无法发挥任何作用。我该怎么办？毕竟我的心脏还在跳动，即便已经老态龙钟，却还死不了。

怎么办？Y先生，抱歉啊，我跟不上时代了。放弃我吧。

电脑对日本的改变，远远超过了明治维新。不，应该说电脑改变的是整个世界。唉，真让人不痛快。我才不想去什么月球呢。然而事实上我打心底厌恶这个世界，讨厌自己生存的社会。这要还是江户时代，我应该早就死了。据说镰仓时代的平均寿命只有二十四岁。真羡慕他们。

当我看见六十四岁的弟弟在用手机给女儿发短信时，说实话我相当惊讶。我也不是没有手机，只是几乎不怎么用罢了。要打电话还得翻开手账，照着通讯录输入十一位的号码，真是麻烦死了。问我为什么不把号码保存在手机里？可存号码时不也要按好多次键吗，这种事我根本做不到。再说了，手机说明书上那些文字根本不像是日语。

说明书上充斥着各种片假名，它们存在得理所当然，仿佛默认了所有人都认识它们。

　　打小我的语文成绩都是五分（满分）。弟弟从前明明只
能得三分，但他却能和女儿发短信。

　　我问我那一脸皱纹的弟弟："你会用打字机？"

　　"会啊，不过现在只用电脑了。"

　　一时间我哑口无言。

　　"我字写得差嘛，用电脑就轻松多了。"

　　我心里顿时无名火起。

　　"由美在度蜜月时还发短信给我了，你看她说的。'虽
然在结婚后，我终于能离开那个家了，但父亲你好可怜啊，
因为你还要跟那个女人过上一辈子。'嘿嘿嘿。""那个女人"
指的可是她的亲生母亲。这一家子真是生猛。父女之间倒
是和乐融融。

　　"你什么时候开始用手机的？"

　　"生日的时候由美买给我的。是哪年来着？总之就是很
久以前了。"

　　竟然……

　　"那照子呢？她也会发短信吗？"

　　"那家伙什么都不会。"

　　我……我竟然跟那个什么都不会的照子是一类人吗？

在韩国，孩子们无一例外都会为自己的父母选购一部手机。我心里觉得六十四岁的弟弟不过就是在跟我炫耀。显然我这是在嫉妒。

平时没怎么用的那部手机坏掉了。我翻着广告册，想找小林桂树[1]在广告里代言的老年机。

儿子看见了说："那款是别的通信公司的。"

"那怎么办？"

"你真想用那款的话，就只能换号码了。"

谁要去自找麻烦啊，算了算了。

"我买给你吧。"

"嗯！"我以为在做梦，声音一下子提高了八度。

既然是他给我买，那我也不挑了。我收到了一部鲜红的长方形新手机，当即想到要挑战一下六十四岁的弟弟。

"你教我怎么发短信吧。"

儿子帮我存了通讯录，告诉我："你只要按这里，然后再按这里就行了。"

我拼了命地去学怎么发短信，手心渗出了汗。

---

[1] 日本演员。

"你这个还能拍照的。"

"先不管它。"

"还能把来电铃声换成自己喜欢的曲子哟。我给你设成《冬日恋歌》的曲子怎么样？"

"先不管它。"

"还能当收音机用。"

"先不管它。不好意思啊，在我能熟练使用前，你能不能当当我的练习对象？"

只是输入了四行字，还全都是平假名，连标点符号都没有，我就花了三十分钟，还弄得满头大汗。发出短信后，我立马给他打了电话。

"短信收到了吗？"

"收到了，就是看着有点像智力发育迟缓人士写的……"

练习了几十次后，我身上已经湿透了。虽然还是觉得麻烦，但好在稍微熟练了一些。为了节约字数，我写的文字基本不是俳句格式，就是跟海报上的口号没两样。

我发现了一件事。正因为只有文字，所以短信完全无法体现出人在说话时的状态和情感。哪怕是打电话的时候，单从一个"喂"上，至少还能大致听出对方的心情和状态。

儿子有时侯那不耐烦的声音当真让人讨厌。说着说着，两边都变得气势汹汹的，最终演变成真正的吵架，结局就是直接挂掉电话，然后我一整天都会在烦躁中度过。

而用手机交流时却不需要去进行心情上的沟通。因为手机没有肉体，有的不过是有棱有角的机身和鲜红的颜色。

比如我要是给儿子发一句"迈克尔·杰克逊无罪"，他就会回我"对小孩子恶作剧也没关系的，毕竟是迈克尔嘛。——光男"。

光男指的是相田光男 [1]。要是我俩面对面，这种对话是不可能出现的。脱离实体的交流竟如此轻松随意——这都是通过短信体会到的。

从生猛家族中逃离的侄女，会不会也正因为是通过短信，才说得出那样的话呢？

我的生活空间，几乎就在以我的爱床为圆心，半径五十米以内的圈子里。也没什么不方便的。我一直都觉得城市生活很便捷，直到两个月前，我头一次被带去了一个叫

---

[1]　日本诗人、书法家。"磕绊摔倒也没关系，毕竟是人嘛"是其著名诗句。

六本木新城的地方。从高处俯瞰晚霞中的东京，仿佛置身于科幻世界之中。

密密麻麻宛如疮痂的建筑物一直延伸到天际，将整个东京填满掩埋。冒险家堀江谦一独自航行到太平洋中央，面对茫茫大海和汹涌的波涛时，也许就是这样的心情吧。傍晚时分的东京，暮色中闪烁的灯光美得醉人。在逐渐被染成青灰色的夜空下，无边无际的东京又似乎被哀愁充满，让人怅然若失。

这些疮痂般紧贴在地球上的，就是所谓人类的杰作吗？那一刻我仿佛身处科幻电影里，从上空浏览着城市的俯瞰图。在我看来，它过于巨大，让我难以切实想象其中的人类生活。

贴在城市里像疮痂一样的东西，就是地球的癌症。那些令人毛骨悚然的癌细胞正在不断增殖。不单是东京，香港、旧金山、伦敦、达尔贝达……这些大城市都是遍布在地球上的癌细胞。而我，也是吞噬着地球的癌细胞中的一个。不仅如此，我还是个患了癌症的癌细胞，终有一天也会在某处因复发而死吧。

人类自以为是地说什么和地球是共存关系，有谁想过地球能不能跟飞速增殖的癌细胞永远共存？

　　人口众多的中国、印度和非洲大陆，也在拼命增殖着新的癌细胞。人类这种生物，就像是编程设计出来的程式一般。

　　"我现在有种自己是神的感觉。"我对同行的朋友说。

　　"真是个乡巴佬。这次没白来吧？"

　　回过头，展望台中间的玻璃墙咖啡屋里，一对年轻情侣面对面地坐着，看来是在约会。呃，是活生生的人在约会啊。活人怎么就这么脏呢。一时间我有种见到了大便的感觉。当然我自己也是个脏东西——还是特别脏的那种。像闪闪发亮、走起路来咔咔响的机器人那样不吃不拉的人不该在这里。不会思考也不会生气，没有感情，只会做出机械式反应的金银两色人类就不该在这里。

　　"我有些不舒服，下去吧。"

　　回到地面后，在咖啡店休憩片刻，我感觉好多了，又是跟同行的朋友讨论去吃中国菜还是荞麦面，又是像个色老头儿一样对面前的女孩说"你脸上完全没有皱纹呢，让我摸摸呗"。

　　我也曾年轻过吗？年轻的时候似乎反而不会感觉到自己年轻。不过她们终究也会变得像现在的我一样。啊，想想就痛快。于是我保持着跟头一次乘飞机去国外时一样的兴致，倒进了我的爱床。

　　啊，烦死了。再也不想去什么城市了。这个社会让人
不快，一切都在朝着让我反感的方向变化。在那些如闪烁
徘徊的萤火虫般的灯光中，在高耸林立的大厦里，在我所
不知道的地方，这个世界在运转着。而我，活下来了。活
下来这件事，却让我为难。

　　滴滴滴……有传真进来了。毕竟我不会用电脑。我刚
扯下资料，电话传真机的长方形窗口就闪起了蓝光。什么
情况？传真机是我最近新买的。之前那台因为我用力拽纸
而坏掉了。我赶紧按下了停止键，窗口又变成了橙色。窗
口的液晶屏上写着"确定要用小按键进行记录吗？"哪个小
按键？是这个吗？我按了一个键，窗口这次变成粉红色了。
又不是夜总会。我再按了两次旁边的键，窗口变回了橙色，
又开始闪烁。

　　而现在，我的传真机依旧发出咔咔咔的声响，闪着绿
光提示着"色带余量不足"。我检查了一下，色带还剩不少。
而传真机还是一直闪着绿光，丝毫没有停下来的意思。我
不管了。反正我的时代已经结束了。我也快没啦。可到底
怎么办啊？照这样下去，即使过上两天、三天，它还是会

不停地闪着。我感到很火大。我不过就是想收发个传真。

"传真正在发送。"不用你说我也知道。

"传真发送完毕。"要你多管闲事。

只会在半径五十米以内的圈内生活的我，不会去太远的地方。

我跟人约好在三轩茶屋见面。三轩茶屋那一带从前只通路面电车。附近只有稀稀拉拉的商业街，可以说是个什么都没有的冷清地带。也不知道现在还有没有路面电车。我打电话问了一句怎么去，朋友立刻用短信给我发了一堆路线过来。选择太多了，反而让人无从下手，但总之要先到涩谷再转车。

乘电车时车里有两个外国人。我准备上车时，下车的人流中也有一个年轻外国人，他用日语对同行的姑娘喊："这里！在左边！"要不是他长了张外国脸，我都要以为他是日本人了。

见车厢里还有座位，我就坐下了。七八个放学回家的高中男生挤在车门附近。他们都穿着学校的制服，但其中有三个人的裤裆掉得很低，怎么看都像是去上厕所前裤子脱到一半的样子。

再看远处站着的年轻男子，也穿着松松垮垮的裤子，裤腰几乎掉到了能看到屁股瓣的位置。他拉着吊环，懒散地把腰拧向一边。怎么？这是现在的潮流吗？

不过也亏得他们能想出来这种打扮。我竟有些佩服。头一个想出这种打扮的会是什么样的人呢？毕竟不光想出来了，还穿成这样出门了。能用这种类似上厕所脱了一半的打扮来表达自我主张，也是让人大跌眼镜。

泡泡袜流行的时候我也很意外。到底是谁想出来的？那个倒是挺可爱的，我要是还年轻的话也想试试。

可我要是个年轻男人，会想穿裤腰低得能露出屁股瓣的裤子，再拧巴地站着吗？现在我知道了，如果他们不拧巴地站着，裤子就会掉下来。

到了新宿，我准备下车了。而门口的高中生似乎没有要让开的样子。明明有不少人要下车，他们却一动不动。

"让开。"我推开了高中生。

"怎么了？"其中一个人竟然还质问我。

我前脚刚踏上月台，就听见背后齐齐地传来约莫三个人的小合唱。

"臭老太婆你想干吗!!"

　　换乘后的车厢里满满当当。有个比我高出足有一个头的外国人，长得别提多美了。简直就像是《凡尔赛玫瑰》里的奥斯卡。

　　而我的面前，是一对熟睡的情侣。两人就像是在自己家的床上一样蜷缩着，即便如此也不难看出姑娘是个美人。这些人，也都是过着平凡日子的普通人。

　　姑娘拿着名牌提包，穿着看起来不错的鞋子，黑色的夹克上别着一枚轻飘飘的黄色胸针，妆容精致毫不含糊。

　　我不禁想象了一下，她在睡在电车座上之前做过什么。也许她悉心选择了内衣和裙子，套上丝袜，脸凑在镜子前打粉底、涂睫毛膏，然后在镜子前摆上各种姿势时，听到母亲怒吼："你这是要去哪儿！"而她只是抛下一句"跟你没关系"就钻进了厕所，在里面待到了出门。

　　两人用围巾盖着膝盖，明明应该睡着了，却能看到围巾下面的手在动。还真是在热恋中呢。不久后他们也许会在男方家里吵架或是闹分手。我一边感叹着活人的生活不易，同时又瞥向了身旁两个正喋喋不休的女人。

　　"没错没错，就是说嘛。"其中一个女人戴着耳坠。她在买那个耳坠的时候，应该也犹豫了很久吧，毕竟得考虑钱包里还有多少钱可花。她也有生她养她的母亲，她的母亲每天也要吃饭。而让我感到不可思议的是，那个女人只靠着"没错没错，就是说嘛"一句话，竟然就能跟人滔滔不绝地聊天。啊，这也是个活生生的人呢。她跟我近在咫尺。我对她一无所知。但我知道她每天也会洗脸，会洗澡。唉……好累啊。

　　活生生的人们被塞在了这里，身体挨着身体，甚至比做爱时贴得还紧，骨头都快断了。一想到跟陌生人挤在一起，皮肤直接接触，我就觉得特别硌硬。为了分散注意力，我又赶紧抬头看车厢上的海报。那是一个房地产公司的广告，还配了一幅插画。也不知道画这个的人干这行能不能赚到钱？有没有家人？青山的某个角落有个小公寓改造的事务所，那里有设计师，这个人的工作会不会是从那里接来的呢？啊……真累，不想了。

　　活生生的人真是不容易。看完了海报，我又打量起站在另一边的男人来。男人正全神贯注地发短信。这个男人也许是因为在电车里无事可做，才养成了一上车就发短信的习惯。他出门前估计也是在玄关穿的鞋。就是不知道他的袜子洗过没有，是谁洗的……

　　一看到在离自己如此近的地方，有一个个活生生的人，

我就忍不住胡思乱想。不过是偶尔乘了一次电车就累得够
呛。要是没办法将那些陌生人当作透明人，就根本没法乘
电车。适应力真是人类了不起的本能呢。六本木新城下的
癌细胞们乌泱泱地如春笋般生出。

电车里的每个人应该都是带着手机的。

通过在宇宙中运行的卫星传递信号，竟然就能跟人通
信呢。我也不懂什么原理，只需要记住按键的用法就足够
了。我们的生活，被无数我们不了解的事物推动着不断向
前。呃……想想真有点毛骨悚然。要是每件事都去深究原
理的话，人就没法活了。

真的太累了，累到我出了一身汗。

回到家后，传真机依旧在那里闪着绿光。

Y 先生对不起，我马上就发传真。不过它这么闪着我也
没法确定能不能发出去。我的时代已经结束了。我也快没
啦。也不知道是韩剧看多了变傻了，还是根本就老年痴呆
了，总之被时代抛弃的老人大概就是我这副模样了。明明
已经成了老头儿老太太，却还在拼命地去迎合年轻人与追
赶时代，真是不体面啊。可是现代日本女性的平均寿命好
像已经到八十五岁了。

2006 年冬

痛　快　的　日　子

我沉默了。我结了两次婚，离了两次婚，还有让
人费心的孩子。

× 月 × 日

　　电话响了。最近打给我的电话越来越少。我已经被这个世界遗忘了。估计连朋友们都想不起还有我这么个人了。

　　"我在吉祥寺。你现在在家吗？"

　　"在的。"

　　"那我现在过去。家里有吃的吗？"

　　"有。"

　　对方咔嗒一声挂了电话。

　　是我堂姐桃子打来的。她在电话里的声音听起来永远都像在生气，半句话都不愿意多说。我平时打电话的内容总是又臭又长，而我跟桃子的通话却似乎从来没有超过三句。

　　要是她问"有吃的吗"，我回"没有"的话，对话就会变成：

　　"那我买点带过去。"

　　"嗯。"

　　咔嗒。

　　"你现在在家吗？"

　　"不在。"

　　"哦。"

　　咔嗒。

　　桃子是我堂姐，"二战"结束的时候大约十五岁。那个时候我才七岁。桃子接受的教育完全是旧学制的，我则是接受战后民主主义教育的第一代人。女校的学生动员活动中，女孩子们每天都要去挖松根，据说松根可以拿来作为飞机的燃料。桃子每天一边挖松根，一边想："啊，日本肯定要战败了。用松根当燃料的日本肯定要战败了。"她天天这样想着，最后日本就真的战败了。

　　"那天我永远忘不了。听到天皇宣布日本战败的时候，我们高兴极了。而且，那天天气还很好。从那天以后，就再也不用挖松根了。我们总算是自由了。想做什么就做什么。"第二天开始，她就从父亲所在的农村一个人回到了东京，回到了之前的女校。

我一直非常佩服桃子那准确的判断力，以及执行力和自强独立的内心。第二年的三月，她从学校毕业，入职保险公司S生命，一直干到退休。

桃子十一点半来到我家。她总是身着一套得体的洋装。她的体态很好，现在更添加了一份威严，就像是英国的家庭教师一样。她超越了潮流，三十年如一日没有改变过自己的桃子风格，而且完全不显老气。或者说一直都比较老气，只是我没意识到而已。她总是穿着做工精良的漂亮裙子、圆领毛衣，脖子下方总会板正地别着胸针。

"桃子，你都在哪里买衣服呀？"

"丸善。"

"是吗？丸善有卖衣服的地方吗？"

"我除了丸善不去别的地方。"

我认识的人里，除了桃子，没有一个人会在丸善买衣服。不知道是什么时候，我从朋友那里得到英国制造的高档黑色雨伞，就是用丸善的包装纸包裹着的。我没想到世界上竟然有那么高档的雨伞。

今天桃子穿着领口有小碎花的毛衣，下身穿着同样花纹中间还带着一点条纹的裙子。衣领处照样配着胸针。

我说："这个看起来很贵啊。"

"是啊，很贵的，没办法，我钱太多了。你如果没钱了的话，我给你钱哟。"

我觉得桃子这话可不是开玩笑。她真的会给我钱的。

"真的，我不知道你还能活几年，所以我希望你能想吃什么就吃什么，想买什么就买什么。"无论是什么，桃子都吃得很香。她吃饭速度也很快。因为在该多吃饭长身体的那个年龄，她常常饿肚子。当然，我也一样。我吃饭也很快。

昨天晚上我们吃了什锦饭、炸牡蛎、味噌汤和腌萝卜。

"啊，每天都能吃上饭，真是太棒了。"

"真没想到，我活着的时候，能够这么奢侈。电视节目上总是喜欢把吃饭当成儿戏。"吃着饭，桃子生气了。虽然，她的声音跟电话里面一样，但是我很了解她。她真的生气了。我也很生气。

"真是的，我不能忍受的是，那些什么都不懂的年轻人，在那里一副好像很懂的样子说着什么'这种醇厚感''味道层次不错'之类的话。说到底，那么年轻，知道什么叫味道吗？"

"我觉得那些年轻人根本就不该吃好吃的。"我们两个人就这样说得起劲。

"对啊，明明连红薯叶子都没吃过。洋子，你也没吃过吧？"

"开什么玩笑。我可是吃过用麦麸做的饭团哟。桃子你才是，根本不知道什么是麦麸做的饭团吧？"

桃子有点不甘心地承认："是啊，我确实没有吃过。"我感觉好像胜利了似的。

"还有坏掉了的臭红薯的黑漆漆的部分，也不得了。"她已经放弃了跟我竞争，开始走和我感同身受的路线。

"另外，还有红薯粉做的团子，那个我完全不能吃第二次。周围全是半透明的脏兮兮的绿色，别提多恶心了。"

"是的是的，呵呵。"桃子的笑声非常可爱。声音可爱，笑容也很可爱。"我第一次吃到冰激凌的时候，还以为在做梦呢。在银座那里有一个美军商店，只有那里有卖的。我那时一个月工资才十五日元。当时的冰激凌一个就要卖八日元啊。"桃子从来都很有气魄。"我当时就觉得，我们跟吃这个东西的国家战斗，肯定是要战败的。"她对食物的执念也很深。

桃子有时候会把这句话当作标点符号一样反复穿插在我们的对话之中。每当这句话出现的时候，我都会痛快地在心里说着"是啊，是啊"表示赞同。

桃子突然说："我很生气。广岛的纪念碑上写着'不要再犯相同的错误'。是哪方错了啊？丢下原子弹的明明是对方啊。错的明明是丢原子弹的那方，不是吗？"桃子难过得说不下去了。这番言论我从桃子那里已经听过不下两百次了。

年轻的时候，我觉得桃子可能是一个右翼吧。而随着年龄渐长，我感觉自己可能也右倾化了。"现在的教育可不行，我们那时候是要背诵教育敕语的，朕惟我皇祖皇宗……"桃子语速很快，嘴上就像念经一样，讲个不停。她果然是右翼吧。"这里这个'惟'是旧体字哟。"我听不懂。

之后，她又开始背诵历代天皇的名字："神武、绥靖、安宁、懿德……"我真是败给她了。"我觉得呀，战败的原因还是在天皇陛下这里。那个时候就应该判天皇死刑。"她接下来就说出了如此跳跃性的过激言论。"可是啊，既然天皇活在现实中，人们就应该按照规矩来啊。"是吗？"A 新闻上提到天皇吃饭时，用的词是'吃'。应该用敬语'用膳'

才对。还有，那篇新闻里写'天皇陛下和美智子殿下'，不应该哟，应该写'天皇陛下与皇后陛下'才对。"

桃子好像既不喜欢看电视剧和电影，也不喜欢看小说。长大后，我见到她时，她告诉我："我只读小林秀雄[1]和吉田健一[2]。"我着实吃了一惊。我越跟她交往就越觉得这句话简直就象征了她。音乐她也只听古典音乐。艺人她大概一个人都不认识吧。她从十几岁就开始拉小提琴，一直到现在七十多岁。

我对音乐，尤其是西洋音乐，从古典音乐到爵士乐再到摇滚乐，都非常讨厌。我只能理解歌词，因此只听有歌词的音乐。我觉得这个世界上，西洋音乐就算消失了也无所谓。

我尤其不能理解的就是年轻人。他们整天模仿着外国人说英语，弹着吉他到处跑。

我曾经问过一个年轻人这是为什么。对方说："阿姨，那是因为他们想成为美国人。"这要是被桃子知道了，恐怕她会感到无语吧。我成年之后，桃子教会了我书法。桃子的字写得非常好，对旧体字的写法也非常挑剔。我曾经问她为什么会放弃书法。

---

[1] 日本文学评论家，代表作《种种趣向》。
[2] 日本小说家、评论家，代表作《文学概论》。

"因为我只会照着别人的模板写，完全写不出自己的风格。可能没有这方面的才能吧。"她回答。我觉得能够意识到自己没有某方面的才能也是一件了不起的事情。能在做一件事情做了十几年后意识到这点，是很厉害的事情。

桃子不怎么做饭。做的话也就是凉拌菠菜或者土豆沙拉之类的了。

用筷子夹着整棵菠菜在锅里涮一涮，让其均匀受热，不要煮过了。我也学会了这样做。土豆沙拉则是趁着土豆还热乎的时候，浇上一些柠檬汁。于是，我也学会了这么做。我去东京上大学后，桃子第一次请我吃饭，吃的就是含羞草沙拉。在土豆沙拉中加入了一些通心粉，把炸鸡放在上面，蛋黄像含羞草一样散落在上面。那是在银座的餐厅里吃到的。在我看来那是非常高级有情调的料理。

我毕业后就职的地方是日本桥的百货商场。桃子的公司在丸之内，于是下班后，我们就在那里碰头。那次桃子也请我吃了饭。桃子还在丸善给我买了祖母绿的毛衣，还有女式针织衫，都是做工非常好的衣服，也都是我外出时的不二之选。

"因为洋子看起来那么寒酸，让我觉得好可怜。"我看起来那么穷吗？我也因为感到自己的可怜，不禁流下眼泪来。我好像非常喜欢想起自己悲惨可怜的样子。可是，我很厉害。那个时候的我精神饱满，完全没有觉得自己可怜。贫穷也是很理所当然的。当时的我可是像螃蟹一样横着走，天不怕地不怕。我笑起来也很豪爽，完全不是一个淑女。

我深感血缘关系可真是厉害啊，我们某些地方还是很相似的。

尽管如此，我跟桃子还是有过两次绝交的经历。

东京奥运会的时候，我没有电视。我去了桃子的公寓，具体在哪里，我现在已经不太记得了。电视上正播放着日本队的体操比赛。那个时候日本的体操队还是很强悍的。

我那时候一心只想着希望日本能获胜。为什么日本人只有在奥运会的时候才会变得这么爱国？明明平日里，只要说自己爱国，就会被人翻白眼。

我也是一个奥林匹克爱国主义者。我不经意地看了看，发现桃子在纸上写着分数。她把油豆腐皮寿司放在桌子上。我问她："不装到盘子里吗？"她说："装不装盘都是一样的味道。"于是，我一边大口大口吃着油豆腐皮寿司，一边心不在焉地看着奥运会。

我说："日本人真是吃亏啊，腿又短，个子又小，还胖，哪怕是拥有同样的技术，看上去也要比别人差上一些。"

桃子声音中带着点硬气，说："技术可不是这样的东西，可不是看脸打分的!!"

在这种时候决不退让，正是她的天性。而我们身上流淌着相同的血液，我之前为什么没有意识到这一点呢？我也反击道："都是因为裁判员是男的啊。看吧，如果苏联的×××斯卡娅做出同样的动作的话，她就更有优势。"

"洋子真下流，不会有这样的事情。这只是技术上的比拼而已!!"

这时候，我们俩之间的气氛就开始变得奇怪了。可能是为了倒茶吧，桃子离开座位，把纸递给我，还叮嘱道："拿着这个，你来记录分数。"

"好。"我说。一开始我还认认真真记录出现在电视屏幕边缘的数字，但不一会儿我就走起神来，忘记记录了。

等桃子回来，拿过我的纸一看，她突然就吼起来："你是笨蛋吗？我不是叫你记录分数吗？你刚才都在干吗？"我呆住了。其实，我一开始就不知道自己为什么要记录分数。"你是笨蛋吗？你一直在发呆对吧。我不是让你记录分数的吗?"我第一次看到桃子这么愤怒的样子。"她好奇怪。"我心想,怒气一下子就出来了。"以牙还牙"就是指这种情况吧。

我大声吼道:"真无聊!"说完很生气地摔门而出。从那以后差不多十年里,我们一直处于绝交状态。当时对方很年轻,我也年轻,而且很忙碌,所以完全没有为绝交这件事情而烦恼,想起这事时只是觉得对方是个怪人。

差不多十年后的某一天,桃子那可爱的脸庞和声音突然出现在我家门口。"我是桃子,哈哈。"就好像什么都没发生过似的,再次听到她说"广岛的那个'不要再犯……'",我心里就特别踏实。

"喂,我还有两百六十一天退休。我高兴得不得了。每天晚上睡觉之前都要在日历上做记录呢。"她说话的口气就像一个抢了三亿日元,正等着追诉时效过去的逃犯一样。

"还有一百二十天。"我好像一直在听她说这些。"我呀,因为拿了钱,所以工作的时候就是属于公司的,不是属于我自己的。对吧。因为拿了钱,就是卖了自己的劳动,必须好好干。"我好想把这番话说给那些天天抱怨公司不公平的人听。

"不过,公司里也有很多不合理的事情,或者很蠢的事情吧?"我问。

"当然啦，不过我全都接受了。连出差的时候坐飞机我都接受了。"桃子最讨厌的事就是坐飞机。"那么一个大铁疙瘩在天上不觉得很奇怪吗？"我也是这么想的。但是，我不会像桃子一样害怕飞机。

"咦，你坐过飞机了？"

"没办法，为了工作。"

很久以前，桃子从住在乌山的伯母家去丸之内时，下起了大雪。她就从乌山走到了位于丸之内的公司。应该是在不到二十岁的时候吧。太吓人了。

回去也是走着回去的。天已经黑了，路上没有多少人了，甲州街道上一个孤零零行走着的大叔过来问她要去哪里。"这也太远了吧，不如到我家去住一晚再走。"于是她住进了这个大叔的家里。

"然后，他们让我坐进热乎乎的被炉里，他太太给我煮了热腾腾的乌冬面。想想都觉得可怕呢。如果没有那位大叔，我说不定会冻死街头。"

那真是一个很好的时代。那个时候，桃子还是一个活泼可爱的少女。

"你知道吗？我刚进公司那会儿，公司还没有电脑。最初的电脑有三叠的房间那么大，我当时学习了使用电脑，然后教年轻的属下怎么用。我刚觉得总算是教会了，然后又有新的电脑进来。然后我再学再教一遍，然后又有新的电脑进来。就这样一直不停循环。"啊，日本的每一家公司里肯定都有像桃子一样的人在，就是这样的人支持着日本经济一路走来。跟她相比，我的工作就跟一个屁似的。因此无论发生什么事情，我都非常尊敬桃子。

桃子说她总是加班，根本就没有时间花钱。奖金也没时间用，于是公司建议她用奖金买自己公司的股票，她说："啊，随便了，随便了。"然后就把这事给忘了。她公司的同事说："佐野太太，你已经攒下很多钱了，那就买栋房子吧。"经他这么一提醒，桃子说："好，都可以，随便。"于是这个同事就给桃子推荐了一栋在吉祥寺附近非常好的位置的房子，桃子看过之后还真觉得挺满意，就把这栋房子买了下来。这就是现在桃子住的地方，一栋非常豪华的高级公寓。"我运气真好。那个同事真是个好人。"我觉得这就是桃子无欲无求的最好证明。接着，她继续努力工作，继续在日历上面画记号，一直到退休为止。"我退休之后，要去学习贝多芬的管弦乐四重奏，每年学习一首，一共十首。"她真的这么做了。"每天都是周日！"她这么说。可能就是在这个时期，我们又变成绝交的状态了。

这次完全是我的错。她在经过高尔夫球场的时候，都会感慨："这么广阔的地方，真想把它开垦出来呀，相比去拿根高尔夫球杆，我真想去扛把锄头来。"桃子觉得土地是生命的根源。我也这么想。不过，我只是想想而已，我家的庭院里现在只有草坪。草坪外侧还有三十厘米见方的土地。"在那里种大豆吧。"于是，有一天，桃子还真的在这里种下了一圈大豆。"这里长出来的豆肯定很好吃。"她手掐着腰，满足地看着地面。"别忘记浇水哟。"我浇了水以后，不久种子就发芽了，叶子也长了出来。可小小的豆荚长出来，里面却什么都没有。我想，桃子这下可能要失望了吧。我正发愁的时候，电话响了。"喂，毛豆长出来了吗？"我赶紧想了个法子想掩盖一下："我吃掉了。"我到现在都不知道自己为什么要这样说。对面"啪嗒"一声挂断了电话。之后差不多有两年，桃子再也没有来找过我。大概是因为我家的房子是在废墟上面建造的，地面上全是废砖废瓦，也没有施肥，所以才长出这样的空豆荚吧。

　　而且我太了解桃子那种想要从土地中收获东西的执着心了。我想她如果看到我种出来的这副样子，肯定会失望的。在那之后，我好几次被桃子说："真是不敢相信，你到底是个什么样的人啊。"我也不敢相信，为什么我会说"我吃掉了"呢？在那之后，我从不在桃子面前拿出毛豆。我们俩都不愿再想起这件事情。

　　现在我们喝着茶，继续聊着天，可是桃子既不聊八卦，也不聊电视节目和电影。"我呀，在外面的时候，如果去吃稍微贵点的东西，周围就都是些家庭主妇，三四个人一组。看到这些妇女，我就会生气，明明她们的老公在吃着便利店的便当。"我说完，桃子便迎合道："是啊，真让人讨厌。"然后，我们俩就开始调侃这些家庭主妇。一开始说就停不下来。"然后呢，偏偏就是这些人会说'你这么有钱，真好啊'或者'毕竟你有钱'之类的话。我可是工作了四十年啊。我有钱是理所当然的呀。这又不是从谁那里伸手要来的钱，这是我自己工作挣的钱。"

　　我突然想起了大雪天里的桃子，想起了她冻得哆哆嗦嗦的手。想起这些，我的声音也不由得开始颤抖。"你还记得那个谁谁吗？她总是来找碴，动不动就说："听说你很有钱啊。"我反问她："你到底觉得我一年挣多少钱啊？"她说："一年大约五千万日元吧。"我的手也开始抖起来了。"啊，啊，你知道在日本有多少人的收入能达到一年五千万日元吗？小泉首相也不过……"

"是啊，那些人又不懂世故。"

"这种人，据说结婚之后，老公连一件衣服都不买给她们。不过，她们也要穿内裤吧，也要穿胸罩吧，如果需要的话，只要撒撒娇就行了。这不就是家庭主妇的能力嘛。"

"那些人觉得别人什么都应该为自己做，所以'为什么你不为我做'就成了她们的口头禅。出了什么问题她们就都往别人身上推。"

我也认识很多不是这样的家庭主妇。不过在这个时候，还是暂时不提为好……我一心跟着桃子连连不断地吐槽："不过，据说成了家庭主妇，自然而然就会变成那种心态，某种意义上说也是一种宿命。这是没办法的事情。"于是，我得出这种卑鄙的结论。

桃子也得出了结论："啊，还好我没有结婚。这段时间我一直在感叹，还好我没有结婚，还好我没有孩子。大家都在为了孩子的事情劳心劳力。"

　　我沉默了。我结了两次婚，离了两次婚，还有让人费心的孩子。我一直沉默不语。

　　"啊，我真没想到自己会迎来这么幸福的晚年。"桃子深深地感叹道，"日本战败得真是时候。"我回想着自己经历过的昭和历史，但我不是像比我年长九岁的桃子那样能够深入思考事情的成年人。我们俩都是昭和时代的孩子，平成时代的老人。

　　"啊，现在几点了？"

　　"才两点半哟。"

　　"我得回去了。天黑了有点吓人。"

　　"有什么好怕的啊，你住的地方那么便利，灯火通明的。"

　　"可是有坏人啊。"桃子像小孩子一样说道。

　　刚到三点，她就在玄关处说了句"我先回去了"，恭敬地鞠躬跟我告别了。

　　只见她戴着帽子，背挺得直直的，渐行渐远。

　　啊，最后一位女武士走了。

2006 年春

痛 快 的 日 子

但是过不规律的生活会觉得很幸福啊。

× 月 × 日

　　我感觉有个像蒙古摔跤大汉那么大的蟑螂在我睡觉的床下滚动。它的翅膀像精心编织过一样，精美漂亮且闪闪发光。我一下子从梦中惊醒过来，睁开眼后，一时反应不过来自己是做了一个美梦还是做了一个噩梦。我也不知道自己心情是好是坏。一周之前，我去了三次老人医院做了痴呆检查。不过，医生没有使用"痴呆"这样的词，只是说我容易忘事。

　　我很生气。我非常讨厌这种咬文嚼字的行为。明明是精神分裂症，非要说成精神综合失调症；明明是盲人，非要说成眼睛有障碍的人。换了说法又能怎样？症状又不会改变。我觉得这是性质恶劣的伪善。

给我做检查的医生是一位将近三十岁的男性，皮肤光
滑发亮，一看就是家境优越的少爷。我满脑子都在想，你
这个年轻人又能对人生了解多少？不过，幸好我在医生面
前总是习惯一脸笑容。医生说着"树、狗、汽车"让我跟
着念。我的脑袋中就浮现出狗在树边看汽车的图像。"我待
会儿问你。"这个小少爷说。然后，他又在我面前摆放了表、
铅笔等六样东西。摆好后，他又把它们收起来。这时候，
我的虚荣心就涌上来了。这是什么弱智问题！！就六个东西
让我记忆，我难道连这都记不住吗？

第二次，他又让我坐在电脑前，问了我几个哄幼儿园
小朋友的问题。然后，他又把我送进了叫作 MRI 什么的一
个像火箭一样的东西里。我进去了三次，三次都迷路了。
看来我确实开始痴呆了。

前些日子，我打算去干洗店，刚出门的瞬间就被后面
的人叫住了。"佐野老师。"是谁？为什么叫我老师？我转
过头一看，有男女共三人站在那里。咦？原来是我把约好
这天跟他们见面的事给忘了。我赶紧鞠躬道歉，把他们请
进我家里来。我记得之前在电话里问过他们来找我干什么
来着，可是又全都想不起来了。

　　我一边给他们倒茶，一边随便说一些话，讲讲母亲当
年是什么时候开始痴呆的，等等。我记得母亲刚开始痴呆
时，也曾这样巧妙地糊弄过我们。

　　等我想起今天要谈的内容的时候，我又变回了那个侃
侃而谈的神气老太太。这段时间，我的工作对象全都是跟
我儿子差不多年龄的人，有些甚至还要更年轻。我有时候
也会想，他们会觉得我是一个头脑灵光的老太太吗？哎，
我只是人上了年纪，脸皮变厚了而已。我开始痴呆了。

　　我今天又去老人医院了。这次去是为了拿检查结果。
哪怕只是初期阶段，如果我真的开始痴呆了，那么我觉得
我该把要做的事情处理了，清点一下自己的财产，办理去
养老院的手续。独居老人不能期望其他人会帮自己做这些
事情。尤其是像我这样主动选择独居的人。医生少爷把我
的脑部照片整理好，还不忘夸奖几句："真是漂亮的大脑
呀。虽然前额叶有一点萎缩，但是对你这个年龄的人来说，
算是程度很轻的。"然后，他又拿出一张纸来，上面有两个
正五边形。左边的正五边形有些地方稍稍向外凸出，外侧
七毫米左右的地方还用红色圆珠笔画了线。右边的正五边
形据说代表二十岁的人的平均水平。没想到我的水平竟然

超越了二十岁的人。医生少爷说，是因为我的记忆力特别优秀，所以有的地方才会向外凸出。我虽有些茫然，但心里涌起一丝喜悦，立马有了精神。我一边在心中为这个医生少爷加油，一边开车回家了。

随后，我又在岔路口迷路了。同一个地方走了两遍。

这是怎么回事？我这不就是痴呆了嘛。那个医生少爷到底都给我做了些什么检查啊？医学到底是个什么东西？回到家，我打开电视，有三个频道的节目都在讲痴呆的事情。医生在让病人说"树、狗、汽车"。竟然和我在医院做的检查完全一样，真是让我吃惊。

还有做数学题，从一百开始依次减七，减完为止。这个我也在医院做过。从二十多年前起就一直重复着完全相同的测试，这到底是怎么回事？难道不可以是猫、饭团、自行车吗？

"你状态有点不对，还是去看看吧。"最初还是樱让我去看的，于是我给她打了电话。

"我完全没有痴呆哟。"

"是吗？"

"医生说我这个年龄就是这样的。"

"哦。"

"医生还说我记忆力特别好。"

虽然电话那一头的樱说"那就太好了",但她的语气听起来有些不满。

"我呀,家里都是些长寿的人,要是大家都去世了,就留下我一个人头脑清醒地活着,岂不是很悲惨?"

"我能清楚地想象出来。"我说。

"是啊,我自己也能清楚地想象出来。"樱回答道。

突然,她又说:"你之所以健忘得厉害,可能是因为日常生活存在问题吧,毕竟你的生活完全没有规律啊。"

"但是过不规律的生活会觉得很幸福啊。"

"这样的生活很懒怠啊,幸福的一生听起来不蠢吗?而且这样的人生也没有什么意思。"

"我老了,就是想过这种幸福生活。"

"算了,毕竟你从一开始就过着跟常人不一样的人生。可是,你现在的生活也太那个了吧。一天至少要出去一趟啊。"

"你自己不是也整天宅在家里。你不是说过除了我家以外哪儿都不去了吗?"

"那是事实嘛。"

多外出走走呀，去看看歌舞伎、文乐或者落语之类的东西。好的好的，就这么办。我们就这样相互保证着。但我确定我们都不会这样做的。

我已经慢慢忘记了汉字，感觉有点羞愧，于是打算去买台电子词典。店员教我使用方法，结果我发现查一个字，就要按好几次按钮，觉得太麻烦，就放弃了。回到家，我又把之前收起来的汉字词典拿出来，里面的字都认识，自己写的话却完全写不出来了。有些词我还可以读出来，但是忘记怎么写了。

我竟然连"巫山戏 [1]"这种词都还会读。人的大脑到底是怎么个构造啊？身体残障人士会得到人们的同情与保护，不知为何，我们觉得身体残障人士都是不会做坏事的好人。这不也是一种歧视吗？这样反而会给身体残障人士造成压力。身体残障人士也可以做坏事，这样他们才算是与健全人平等，难道不是吗？可是，对于脑部障碍者，大家却都躲得远远的，有意识地不随便靠近，这简直就是对脑部障

---

[1] 原文为"巫山戯る"，意思是开玩笑、捉弄。这个词不常写作汉字，因此写作汉字时对不熟悉汉字的人来说会比较难读。

碍者的侮辱。大家都觉得，这种脑部障碍者肯定都隐藏着
凶残的一面，有犯罪的倾向。只有当人格被破坏时，一个
人才会被确诊为痴呆症，可是到底从哪儿到哪儿算是人格，
该如何定义人格的范围呢？人们常说痴呆症患者不再像过
去那么优秀了，变得像另一个人，变得像外星人了。可我
不觉得我那什么都不懂了的，像满脸皱纹的婴儿般的母亲
变得像外星人了。这个婴儿长大成为地球人，生儿育女，
生气哭泣，叫喊欢笑，勤勤恳恳地存钱，当婆婆后跟儿媳
妇争吵磨合，最后痴呆了，什么都不懂了，但我还是觉得
母亲是个地球人。给母亲换尿布的时候，我看到这个黑乎
乎、布满皱纹，根本不像此世之物的怪异东西时，我会想
到这个屁股可是生下了七个孩子。这可不是从别的星球来
的外星人的屁股。

　　脑也像屁股一样，外形上非常怪异。即便长得怪异，
人们不也在用这样的脑和身体谈恋爱吗？也可以用这个脑
撒一些不大不小的谎，可以用这个脑唱歌。这不是外星人
的脑子，这是人的脑子啊。

　　电视上在播的某部纪录片里说，英国的著名音乐家得
了阿尔茨海默病，记忆变得只有七秒钟（我的消息几乎全都

是从电视节目上看来的，真惭愧）。十年来，他一直都只有
七秒钟的记忆，因此，妻子反复问同样的问题，他也会回
答，但七秒钟后就会忘记自己回答了什么。

他的妻子一直在努力查找病因，十年时间里都没有放
弃，最后因为徒劳无功而流下了辛酸的眼泪。她只好当丈
夫已经死了，跟他离婚，自己去国外。但是她后来又回来
了，继续查找病因。

看完这部纪录片，我感到，原来英国人是这样的啊。
我好像意识到了一件很关键的事。即便来相见也会被忘记，
所以即便每天来也没用，于是就一个月来见一次。然后对
着丈夫哭泣。不过不记得也挺好的吧，她的丈夫笑起来是
那么开心，问他同样的问题，他不也总是会做出同样的回
答嘛。交流也不单单是靠语言，对人无微不至的关照，人
也是能够感受到的。

"今天几月了？"

"六月。"

"不对，五月。"

"这个是什么？"

"花。"

"什么花？"

"不知道。"

"雏菊，是雏菊哟。"

"这个是什么花？"

"不知道。"

妻子哭了。

人家都说，寡言少语的日本人常常让人不知道他们在想什么，有点可怕。但这为数不多的语言背后是广袤的解读空间，恻隐之情就在这广袤的空间里蔓延。我自以为是地发表了一通感想。

我吃了素面还有昨天剩下的一点芝麻拌小松菜和炸豆腐。吃完之后，我又发现还剩了一些醋拌的海带、黄瓜和蘘荷，于是把这些也吃了。我好像还是没有吃饱，又好像吃这些就够了，自己也判断不出来。

四点左右，我的堂姐桃子来了。桃子今年七十六岁了。刚进门她就说："喂，你评评理，别人凭什么那样说我呀。真是的。"

"M 跟我说：'桃子，反正你也吃不出味道，只要饭菜的量足够就行了对吧。’她为什么要那样说，这不是很失礼吗？”桃子和我年少的时候都挨过饿，所以对于食物的问题，我们的反应都很敏感。我们都是吃饭吃得很快的人，因为不知道什么时候炸弹会落下来。如果吃得不够快，食物就会被兄弟姐妹抢走，这样的担忧即便几十年过去了都还是无法消除。

桃子为人很大方，昂贵的日本料理，还有寿司、鳗鱼等，都很慷慨地请我和 M 吃。

桃子和我有时候还会感慨："我们吃这么好吃的东西，会不会遭到什么报应啊？""那个时候可真没想到啊，有一天我们竟然会吃到这么好吃的食物。"

"M 是看我是一个孤寡老人，可怜我所以才来陪我的。那个人没有挨过饿，所以对她来说，这些食物可都是理所当然的。"

"原来如此。"

"我比她年长二十岁，她不应该那样对长辈说话。"我心中一惊。我也不懂敬语的正确使用方法。对长辈应该表现出怎样的态度，我也不是很清楚。

"我真的很生气。‘给’这个词，给猫喂鲷鱼的‘给’

和给人东西的'给'这两个动词要区分着用啊。[1] 她连这个都不懂。另外，我真受不了，为什么要给猫喂鲷鱼啊？喂猫只需要给一些干鱼头就行了呀。"

桃子说，她感觉自己年龄越大，让她生气的事情就越多。我也是这样。寂寞的独居老人身边能让他们发泄怒气的东西越来越少，于是渐渐地，他们就开始讨论天下大事来发泄自己的怒气。

日本的这群老女人即便再怎么忧国忧民，关心天下大事，这个国家也不会发生任何改变。这个世界上只会多一些负能量而已。只是我们讨论的国家政治的范围，比五十年前扩大了而已。

每当看到伊拉克那战火纷飞的大街上，那些眼睛大大的、额头光亮的异国少年，我都会想起我那十一岁就去世的哥哥。哥哥也是眼睛大大的，闪烁着焦虑不安，额头光亮，身体瘦弱，早早夭折。五十年前，我并不知道伊拉克这个国家，也从来没有想过会有什么样的人住在那里。而如今，无数的信息都传递到我这个老女人身边，世界于我

---

[1] 日语中，这两个"给"是不同的动词。

却越来越难以理解。是的，我什么都无法理解。连一枝花的生命我都无法理解。

我唯一知道的就是，我可能会连自己都无法理解，就这样慢慢死去。

我同样不知道现在的年轻人对食物抱着怎样的态度。

桃子对此一直愤愤不平。我听着收音机，收音机里传来四十岁女性的声音："在学校吃饭的时候，不应该让学生们说'我开动了'[1]这句话。这是因为在学校吃饭，这个饭菜不是谁给的，而是自己支付了饭钱换来的。如果这个饭钱是由国家补助的，那用的也是我们自己交的税金。"

"不会吧。"我很惊讶，"难道她在家里吃饭的时候不说这句话吗？"

"不知道啊，我无法理解，完全无法理解。任何事情不都是要有仪式感的吗？如果没有仪式感，那人岂不就完了。"我又是心头一惊。我也是一个不拿仪式感当回事的人。我只在意那个女人在家里吃饭的时候到底会不会说'我开

---

[1] 原文"いただきます"本义为接受来自他人的恩惠，吃饭前说这句话是为了表达对做饭的人，以及为了让自己吃饱肚子而失去生命的食材的感谢。中文一般意译为"我开动了"。

动了'。吃饭前不说'我开动了'这句话的话该怎么开始吃，吃完后也不说"承蒙款待"这句话的话又该怎么结束这顿饭啊？

"我由衷地感到自己没有小孩真是幸运。我可不想把自己的子孙留在这样一个世界上。"喂喂，怎么又在我面前说这种话。这时，我儿子推门而入。

"打扰了。"桃子得体地与比自己年轻四十岁的男子打招呼。

"啊，您好。"儿子恭恭敬敬地回应。他是最近才开始这么有礼貌的。前一段时间，他就只是说一句"喂"而已。再之前，他甚至连"喂"都不说，只是死死地盯着人看。我也是最近才发现我儿子其实很喜欢说话。

今天最让我大吃一惊的是，前些日子还那么懒散无礼的儿子，今天竟然对桃子说："当下的这些年轻人，都把礼貌忘得一干二净了呢"。

"真是的，我也不知道那些年轻人在想些什么。"这对话听得我惊讶到合不拢嘴。

不知道，这人到底是长大了呢，老化了呢，还是变得保守了。桃子回家的时候对我说："洋子，你把这孩子培养得很棒呢。"哈哈哈，桃子果然是没有养过孩子，才会如此乐观。她不知道现实里，自己的孩子十年都不跟自己说一句话是怎么回事。听她这么说，我喜忧参半。

"你真是厉害呀，跟那么一个右翼老太太聊得下去。"我对儿子说。

"我只是见什么人说什么话。是你太固执了，什么事情都以自我为中心。"我被儿子倒打一耙。

"我哪儿有？"

"看吧，你都不会自我怀疑一下。"

"可是，我……"

"看吧，你马上就会说出'可是''不过'这样的词。"

"没有那回事。"

"看吧，现在就是，又是那句'没有那回事'。"

我沉默了。我曾经最讨厌我母亲对我大吼"没有那回事"。我情绪低落起来。难道我跟我母亲一样吗？这是遗传吗？早点告诉我呀。我会注意的。

"我跟其他人也是这样说话的吗？"

"我不知道，恐怕是吧。"

我完全说不出话来。

　　我默不作声，收拾好要丢的垃圾。

　　"你赶紧去丢垃圾吧，别总是让别人帮你丢。"

　　"没有那回事！"儿子也大声叫道。

　　大晚上的，住在奈良的妹妹打来电话。

　　"姐姐这么晚打扰了。"

　　"怎么了？"

　　"找到了。"

　　"找到了什么？"

　　"妈妈的和服。"

　　你也痴呆了吗？不，你就是这样的性格。不对，还是痴呆了吧？

　　我记得前段时间，我打算把母亲放在我这里的唯一一件和服给妹妹。我穿着不合身。说真的，放在我这儿完全就是占地方。可是，我又不想给外人。

　　那时妹妹说："不用了，我又不穿和服。"

　　"你说你不穿，但是你不是把母亲的绿色大岛和服跟正装和服拿走了吗？"

　　"没有那回事。我看都没有看到过那两件衣服。绝对没有那回事。"

"是吗？你不是想穿吗？你不是说过你想要我的那件兔子图案的正装和服吗？"

"别说了，别编一些没发生过的事情出来。我从来都不会穿和服，以前不穿，今后也不会穿。"

我对母亲的喜好一点也不感兴趣，看起来再贵的和服也并不想要。

"那现在和服在哪里？"

"我不知道。你找找不就出来了吗？总之，不在我这里。"我们俩总是因为这样鸡毛蒜皮的事情争来吵去。所以，我们关系越来越糟。

"你总是这样，那个中国产的相机那次的事也是这样。我那个时候就跟你说，世界上没有绝对的事情，不要动不动就说'绝对'。你连一条毛巾放在哪里了这种无聊的事情，都会喋喋不休地说上二三十分钟。明明就无所谓的事情，你也会说很多个'绝对''绝对'，真是奇怪。唠唠叨叨的听得人心烦，无不无聊啊。一去你家，从早上开始你们夫妻两人就为了鸡毛蒜皮的小事吵得不可开交。"

"那是因为我老公就是这种性格。"

"夫妻之间就算了，你对他人也是这个态度的话，会被人讨厌的。"

"所以，我不是在道歉吗？"

"我说的不是道歉不道歉这件事情。我想说的是，不是任何时候自己的记忆都是正确的。而且没有人是完美无缺的。"

妹妹很难得地沉默了。我说得更起劲了："你看看自己多大岁数了，是不是也有一点老年痴呆了？"

"是啊。"一句更难得的话从妹妹嘴里冒出来了。

"那你不想要和服对吧。"

"不要。"

"那好。"

为什么我会感觉这么不舒服？我感觉情绪好低落。我总是这样，一生气就会口不择言。明明这些话不应该轻易说出口。

我竟然还对妹妹说了"会被人讨厌的"这样的话。

我其实不也一样吗？跟我交往的朋友们不也都让着我吗？很多时候，只要我一张嘴，大家可能就会心想："看，她又开始了，又开始了。"当别人发表意见时，我肯定会立刻跳到与那个人的意见相反的方向上去。

现在想想，我像那样唱反调时，从没有人激动地反驳回来。

那样才算是大人吧。我是不是不知什么时候，在长大成人这件事情上面失败后，就再也没能成长起来？我越想心情越失落。妹妹这个时候也不是在失落就是在生气吧。我要不要去跟她道歉？

不，她又不是笨蛋，她肯定有她自己的解决方法。我决定先缓一段时间。可是，我也不知道这个"一段时间"该是多久。在这段时间内，我肯定心里一直放不下这件事情。我是不是这一生一直在重复犯着同一个错误啊？

我明白了。比起与他人交往，与自己和解才是最困难的。我一直没有与自己和解，在这六十多年的时间里。

我最想绝交的其实是自己。

啊，这就是精神病吧。

每本书里不都写着必须要喜欢自己吗？每当看到这样的书，我都会想"喜欢自己的话，岂不是跟一个笨蛋似的，慢慢地变得越来越笨。人变得自恋起来，不就没法进步了吗？"就连读书，我都会立刻跳到与作者相反的观点上去。

　　我把电视一直开着，把被子裹在身上看电视。电视上放着讲暗杀希特勒的电影。举国上下都成了希特勒的簇拥。希特勒身边的亲信也都盲从希特勒。我如果是希特勒身边的亲信，恐怕也不敢发表反对意见吧。因为我怕死。比起上万条人命，还是自己的小命要紧。哪怕做好暗杀计划，可能还没实施就会走漏风声，最后白白丢掉性命。

　　那么如果我是希特勒的话呢？我一想就觉得恶心，还是不要想了。说不定，我们每个人都是小小的希特勒，而与此同时，又是被压迫的平民中的一员。这样思考会不会更像成熟的大人？

2006 年秋

痛 快 的 日 子

生命短暂，去恋爱吧，少女。如今三十几岁也是
少女呀。

× 月 × 日

　　我六十八岁。平生第一次彻底敞开了心扉，尽情喜欢
各种各样的男性。出轨、脚踏五条船、脚踏八条船、三角
关系、四角关系，我通通接受，只要年轻就行，五十岁以
上除非特例否则抱歉不行。帅哥、轻浮男、浪子……一概
通过。菩萨心肠还是穷凶极恶我都照单全收。

　　我每天都开心得不得了，犹如在天空中展翅飞翔的小
鸟。无论我迷上了谁，都不会有人受伤。也没有事情伤得
了我。我也不是陷入了什么妄想，我的精神还一切正常。
虽然会花上一点钱，但是不至于让自己破产。

　　"啊，韩剧真是让人幸福啊。"

　　"真的是，能让人幸福到溺死。不过，现在一想起来就

有点作呕。"

"对啊，那个裴先生，想起来就恶心。"

这就是我跟妹妹在做完法事后回家的车上的对话。

年轻的司机说："这也太过分了吧，再怎么说也是爱过一次的男的呀，不用这样吧。"

"没办法，谁叫他现在让人恶心呢。"

"裴先生真可怜。"

"哈哈哈哈。"

我们内心完全没有波澜。

虽然我不知道妹妹会不会这样，不过我好像从那以后，对男人的兴趣就越发浓厚了。

元斌是东洋第一美男子；李秉宪是个能用喉结表达感情的实力演技派；崔民秀 [1] 是年轻版的三船敏郎 [2]，是个阴郁的美男子……从那之后，我就开始了没有尽头的"外遇"之旅。我本来以为自己会迷上他们是因为他们是外国男人，直到有一天我迷恋上了香取慎吾 [3]。我每天都想见到他，最

———————————

[1] 韩国演员。

[2] 日本演员、制片人、导演。

[3] 日本歌手、演员。

后把三谷幸喜[1]的《HR》的整套 DVD 买了下来。我顺带着还被中村狮童[2]迷住了。那个像傻瓜一样天真烂漫的不良少年形象，真想让他也分给我家儿子一点。

因此，即便他们爆出丑闻，我也觉得："那又怎么样，演员嘛，我们才不会要求他们品行端正。而且，下半身的事情就随它去吧。访谈秀的阿姨们，别那么较真。说起来，草野先生，你的人生中就一点污点都没有吗？在抨击别人的丑闻的时候，你那眼神看起来可不是很坚定哟。"

大家都变成杉田薰[3]吧。那可是难得一见的优秀女性。访谈秀可是会毁灭日本的。别站在不负责任的立场上随便去指责别人。别把正义和伪善混为一谈。

全日本的国民都因为你们变成了一群卑鄙小人。就像国会在野党一样。在事事都去指责别人之前，先具体展开自己的政策看看。我并不是觉得执政党做得就好，只是觉得一个劲地对着别人找碴很卑劣。现在的卑鄙小人看起来倒一副正义的做派。

---

[1]　日本编剧、导演、演员。

[2]　日本演员。

[3]　日本演员、歌手。

六十八岁的我很闲。六十八岁了，谁都不会再需要我
了。六十八岁的老太太无论做什么、不做什么，都没有人
会关注。孤独吗？别开玩笑了。一想到剩下的日子不多了，
我就会想要把日子过得天衣无缝，想从前不敢想的事。然
后，我看看电视。我一直觉得奥萨马·本·拉登很有气派。
他看起来很知性，像个哲学家，气质优雅静谧，眼睛看起
来那么深邃。虽然全世界都憎恨他。

再看看小布什的脸，真是一张可耻的脸。虽然我不知
道本·拉登到底是怎样的恶徒，但总之身为平民百姓的我
们根本就不可能知晓真相。至少在我这里，完全没有任何
可以用来评判的基准。"九一一"事件造成三千人死亡，但
阿富汗和伊拉克也死了四万多平民。这算是正义吗？不过
我不是在讨论关于正义的话题，而是在讨论人的外表。我
既不知道那个实施了如此大胆的恐怖袭击的阿富汗恐怖集
团内部情况如何，也不知道阿富汗的国民们吃着什么食物，
那里吹着什么风，刮着怎样的尘土，这些我通通无从知晓。

可是，本·拉登那细长的脸、胡子、头上的帽子，还
有那朴素的民族服装，都让我对他的外形产生好感。

可能是因为本·拉登跟印度的乞丐有着同一种气质吧。

为什么印度的乞丐看上去都那么有哲学气质？

　　人们常说，五十岁以后，要对自己的脸负责。这是什么意思？韩国的那些整容美女是会让整形医生为自己的外貌负责吗？

　　我这个六十八岁的老太太只能看着这些出现在电视上的面孔。

　　电视上的面孔没有实体，只有外表。我开始喜欢滨田靖一[1]了。过去的滨田总是国会中争吵的中心人物。那个时候，我为身为日本国民而感到羞耻。

　　现在，在我的幻想中，如果要从三国连太郎[2]和滨田这两个人里选一个约会，我会立刻选择滨田，因为他实在太可爱，太可爱了。

　　对，当我年近七十，我觉得男人们都很可爱。我已经完全没有性生活了，是个老太太了，所以对方是男的还是女的，我也没那么在意了。我可能已经成为人科的代表，也可能是佛，还有可能是恶灵。

　　我可以和任何人拥抱。上次我和时隔二十年再次相见

---

[1]　日本政治家，前防卫大臣。

[2]　日本演员。

的往昔的美男子在玄关前拥抱，他向我问候："身体还好吗？"如果再年轻三十岁，我肯定不会跟他拥抱问好的。我不想被人认为是好色的中年妇女，我会有自己的分寸。当时我抱着他，心想：你也不容易啊，也活到这把岁数了呀。这个体温、这个骨骼、这个皮肤，真让人怀念。人真是喜欢怀旧的生物啊。我变得像相田光男一样充满诗情。

我一年没见的三十岁左右的女性朋友抱住我说："啊，好久不见了。"哇，她还是老样子，胸部很大呀。身体也是弹力十足。在你接下来的人生里，艰难困苦可能会一个接着一个来找你哟。可是，人还是会一个接一个地克服它们，努力生活。然后，我忽然想到，我也有过三十几岁的时候，可是，我那会儿也没怎么意识到这一点，活得很忘我。啊，忘我是什么感觉，我现在也忘记了。生命短暂，去恋爱吧，少女。如今三十几岁也是少女呀。

回去的时候，我们又拥抱了一下。"今天太开心了，记得再来哟。"

我跟儿子吵了架，大雨中开着车出门了。我不知道该去哪里，于是到三天前去过的朋友家里了，这个朋友住得离我最近。

"我跟我那个傻儿子吵架了。"我先抱抱女主人，再抱抱男主人。

"我们家也正吵得天翻地覆呢。"男主人拍拍我的背说道，"我女儿雅美刚出去了。"

"快听我说。"我们三人异口同声地说，然后一起笑出了声。

"我就问了句'喂，你今天要出去住吗？'，我儿子就跟我吵起来了。"

"雅美让我不要对她态度那么恶劣，我吼了一句'我没有态度恶劣'，她就说：'你看嘛，你现在这态度就很恶劣。'然后我们就越吵越厉害，最后发展成了世界大战级别的争吵。真让人头疼。"男主人说着说着眼睛都红了。

"我儿子对我说：'你干吗要生我呀。'你们听听，这像不像是中学生说的话？我太委屈了。"我哭了出来，随即又跟大家一起笑了。

"喂，你说，人生这个东西，是不是就是这种无聊事情的不断累积呀？"真的，我觉得我经历的这些事情实在是太可笑太可笑了，让我笑得合不拢嘴，心情反而明朗了起来。

过了两三天之后，来了一通电话。是雅美打来的。

"今天我要回去了。"

"你跟爸妈和好了吗？"

"没有，在那之后，我一直借宿在朋友家里，现在还没有跟爸妈讲过话。因为我爸一直在摄影棚里没出来过。我很委屈，打算直接回去了。"

"我们家那个傻儿子也气呼呼地回自己家了。哈哈哈。"

"哈哈哈。"

"保重哟。你下次什么时候回来？"

"再过半年左右吧。洋子阿姨也要多注意身体哟。"

"飞吻，飞吻。"

雅美回纽约了。

然后，我又开始看电视。电视上讲某地的一家小狗动物园破产了，有好几百只狗被抛弃，被人一只一只地扔进栅栏里，现在由志愿者照顾着。它们有些生病了，有些瘦得弱不禁风，让人心生怜悯。人真是极其任性自私的动物。不过，全日本各地的爱狗人士为了领养它们蜂拥而至，也是可喜可贺。

过了两三天后，几千人聚过来，纷纷想要收养这些狗，局面一度混乱。太好了，太好了。可是，下一个瞬间，我

又目瞪口呆。志愿者向这些前来收养的人提出了条件，那
就是要把狗圈养在自己家里，不能把狗丢放在外面。

　　咦，什么？狗不就是要在外面跑吗？特别是有些狗体
形非常大。狗可不是只有宠物狗而已。很久以前，狗一直
都是有各种用途的。牧羊犬、猎犬，这些狗基本都是在外
面活动的。毕竟狗也是一种动物。狗不是人。有些狗的工
作是在大雪中拉雪橇，跟人一同工作，彼此爱护，互相信
赖。这些工作都是跟狗的特点与本能相辅相成的。

　　大都市的狗也有用来看门的，是为了防止小偷而饲养
的。如果有可疑的人靠近，狗就会叫。我们家邻居的狗如
果遇到可疑的人跑来，就会摇着尾巴凑上去；如果遇到主
人回来了，反倒会像发疯一样乱叫，把主人惹得很生气，
引得我们这些邻居哈哈大笑。

　　据说，现在有些人出去遛狗时，还会把狗抱在怀里。

　　啊，这不是在毁灭地球吗。剥夺生物的本能，就是在
毁灭它们啊。人类的欲望虽然在不断膨胀，但本能却几乎
死亡。这是因为人类的本能中包含着伦理，这也是人与动
物的区别。欲望并不是权利，可现在有些人为了要孩子就
借腹生子，这可是比犯罪还要严重的问题。而且人的欲望

可以用金钱解决。

人类会灭亡的。

人与人并不平等。也许人并没有被赋予任何权利。

身为老人的我，一边看着妻夫木聪[1]发花痴，一边又在这里生气。好在在这狭窄的家中，我可以尽情地发泄自己的怒气，这也是一种幸福吧。

我一周要去一次医院。因为骨头疼，我每次都要穿过银座去打点滴。坐出租车实在太贵了，所以今天我决心自己开车去。为此，我提前了大概一个小时出发。

虽然以前有人载我去过，我也坐出租车去过，但是我还是很担心会迷路，内心为此高度紧张。穿过昭和大道，就看见医院的大楼高高地耸立在我的左前方。开过大桥，往前一直开，医院又到了我的左后方。

我向左转后，医院这会儿跑到了我的右后方。我找人问路。"啊，医院在桥的对面哟。开过这座桥比较好。"这座桥不是刚才那座桥。我开过大桥，一直往前开，医院又

---

[1]　日本演员。

跑到了我的右前方。

我就这样在医院的周围不停地打转，就跟大山里被狸猫迷惑了的人一样，这样稀里糊涂地转了四十多分钟。

我实在没办法了，就停在一辆空着的出租车前方。"麻烦你开到这家医院吧，我在后面跟着你。"我跟在空出租车的后面，三分钟就到了。

我还是有生以来，第一次为自己没有坐的出租车付了钱。

我在床上一边看书，一边打点滴，就这样看了一个半小时。书里讲的是一个跟企鹅一起生活的男人记录的自己生命最后时期的死亡日记。

回到家后，企鹅在门口等着他。他走进屋子，企鹅也会跟上来。企鹅总是在沙发对面站着睡觉。它有时候会靠过来，用头来蹭男人的肚子。男人带它去散步，街上的人仿佛看不见它一样，都非常从容。

它会吃冷冻的鳕鱼之类的食物。男人出差前，拜托认识的警卫帮忙给它喂食，警卫非常高兴地答应了："举手之劳。"

我也想跟企鹅一起住了。

我看电视的时候，企鹅就站在我看电视时坐的沙发后面，跟我一起安安静静地看看金正日。

看到电视里细木数子 [1] 和泷泽秀明 [2] 好像很熟的样子，我就来气。"这个全日本最自以为是的女人真让人不爽。她是不是跟泷泽秀明好上了？"我回过头，企鹅也歪着脖子一脸愤怒的样子。

有时候我会给它泡冰水澡。有一天电视里出现一群南极企鹅。企鹅"嗷"的一声叫了出来。我决定把它送回到南极。

我在医院打完点滴，在诊疗室等候的时候，护士过来说："您忘了东西。"她给我送来一个胸垫。这个本来是用来替代我失去的乳房的，我不小心弄掉了。

这里的年轻医生真好。一想到我以后每周都能来见这位医生一次，我就会去买漂亮的衣服。这样做是为了谁？当然是为了自己的心情。如果负责给我看病的医生是一个傲慢的老头儿，我可能会就穿一件睡衣，睡衣外再披一件外套吧。

"你感觉怎么样？"从夏目漱石那个年代开始，医生开口问病人的第一句话就是"你感觉怎么样？"。

"大腿根部已经不疼了。可是，这附近还是会感觉到阵痛。"我摸了摸自己的大腿。

---

[1] 日本占卜师。
[2] 日本歌手、演员。

"这附近吗？"年轻医生碰了碰我的大腿。我心头一震，有几十年没有男的碰过我的大腿了吧。

这一瞬间真是让人怀念。

"不要紧。"医生给我看了拍的 X 光片。

碎裂的骨头奇迹般地恢复了。

"谢谢你，医生。"我发出像年轻女孩一样的声音。

"不是我治好的哟，是药治好的。"（不，不是药，就是你呀。）

"医生真厉害，谢谢你。"

"我也很高兴。"医生露出了可爱的笑容。

出了医院之后，我立刻给朋友打了电话："我和你讲啊，那个医生可是已经有三个孩子了。"

朋友笑着说："那又怎么样？"我忽然意识到，再过两年我就七十岁了。

"没怎么没怎么。"我脸颊泛红了。

我放空大脑什么都没想。只是心情像看到泷泽秀明和长濑智也 [1] 那样愉快罢了。

---

[1]　日本歌手、演员。

总之，快乐的心情对身体有益。我开心地坐上车开了起来，回过神来，我已经来到了能看见大海的地方。

我又四处打转。

绕完圈子，我发现我开到了古董街。

我有些累了，就把车停在能停车的专卖店前面。虽然本来完全没有买的打算，我却买了一双很贵的靴子。

明明我马上就要七十岁了。

我看起来到底是个怎么样的老太太呀。

我看了看冰箱，还有六份冷冻的饭。

我把三份用微波炉加热，把自己做的能卖两百日元一盘的鲑鱼杂碎撒上盐烤一下，打散后包在饭里，做成三个饭团。猪肉还剩一些，于是我加上剩下的萝卜、洋葱和水菜做了一碗汤。我尝了尝，没什么味道，就又放进去些辣白菜，做了一碗不伦不类的汤。

保鲜盒里还剩了点魔芋、羊栖菜和胡萝卜做的炖菜，我把它也拿出来。剩下的三片腌萝卜，我也放在了饭团旁边，然后端着所有的菜，放在饭桌上，打开电视机。

被欺凌的孩子上吊自杀了。

这样的事接二连三地发生。不幸事件是不是会传染啊。

就像一架飞机坠毁之后，会接连不断地有别的飞机坠毁。

真可怜。

啊，人类已经快灭亡了吧。

小学五年级我转校的那天，被一个孩子王男孩打了。回到教室后，我又被教室里所有的男孩轮番揍了一通。因为我一直没有哭，所以他们打完我以后，还留下了一句："她真的不哭呀。"我无所谓的。我没感觉到这就是欺凌。一周后，孩子王就已经为了让我学会骑自行车，在后面帮我扶着车架跑，弄得自己浑身都是汗水和泥巴了。

不久，孩子王被老师打了一顿。后来的某一天，孩子王跟老师在走廊上来了一场一对一的正面交锋。两个人扭打在一起，最后孩子王胜利了。

第二个学期，孩子王当上了班长，老师和孩子王的关系变得非常好。

暴力真是厉害呀，如果我这样说的话，我可能就无法再在这个世界上立足了吧。

我曾听过一个拒绝上学的二十岁男孩说："欺凌是从早上睁开眼睛的时候就开始，一直到晚上吃饭的时候都不会停的。"听到这话，我真的倒吸一口凉气。

我在饭团里吃到了两根鲑鱼的骨头。

那个孩子后来怎么样了？

欺凌那个孩子的人后来怎么样了？

这个汤的味道果然不伦不类。济州岛的汤味道要比这个浓多了。

我记得我问过一个三十岁左右的曾经欺凌过别人的人："如果你欺凌过的人现在来找你报仇，要杀了你的话，你怎么办？"

"那就没办法了。只能被杀了啊。"

长大成人的那些欺凌者都是这样想的吗？

我还是个穷学生的时候，跟朋友去海边玩。我打算买鱼肉肠来吃，富家女说："哎呀，真恶心。"据说她的叔父在日本水产工作，叔母家里有很多这样的东西。在叔母家里，这个是很普通的食物。当时走在我后方的这个女的还说："佐野的裙子怎么翘起来了，哈哈哈。"边说还边笑着。我去另一个朋友家里时，带了家乡特产的肉包子，朋友说："哇，真是难得，你还带东西来了。"听到这话，那女的又说："是啊，佐野就是个小气的铁公鸡嘛。"我今年六十八岁，这辈子都不会原谅那个女人。我一直想着要诅咒她不得好死，结果她后来得了癌症。等她得了癌症后，我一时不知如何是好，后来我也得了癌症。果不其然，诅咒他人的人也会被命运诅咒。

2007 年冬

要一边望着远方的美景，一边好好地活在当下。

× 月 × 日

　　我买了台大电视。因为我看电影的时候，看不清下面的字幕了。于是，我一狠心打算买一台超薄的新款大电视。走进附近的电器商店，超薄的电视排了两三层，根本看不出它们大概有多大。我站在电视机前，给最近刚换了电视的朋友打了电话。

　　"喂，你们家的电视是多大尺寸的呀？"

　　"三十七英寸。怎么了？"

　　"我现在正在电器商店准备买电视呢。"

　　"啊，我觉得三十七英寸就可以了。"

　　"嗯嗯，好的，谢谢啦。"

　　说完，我豪放地买了一台四十英寸的电视。

我一个人住，家里竟有三台电视。工作的时候，我会把电视静音，只放着画面。卧室里也有一台，有些时候早上醒来发现它还开着。有时候我就这样开着电视睡着了。

我只有在电视放广告的时候才会去做家务。

我也会在电视机前做家务，比如掐豆芽须、摘毛豆、剥板栗、包饺子等等。

刷锅这件事我也在电视机前做。不知是什么时候，我在电视机前刷锅，忽然意识到我刷好的锅正在跟我一起坐着看电视。回过神看着膝盖上刷了一半的锅，我稍稍有些失落。

电视就那么好看吗？不，一点意思都没有。看什么节目我都生气冒火。大宅壮一[1] 说电视让"一亿国民白痴化"，但那时候的程度还算轻的。

这真的不是背地里的国策？

把国民变成白痴，接着就可以为所欲为了。难不成这是外星人为了毁灭地球发来的指令？我虽然不太了解其他国家的事情，但是戴安娜王妃被狗仔队追着出了车祸死掉

---

[1] 日本导演、编剧、演员。

的事情我还是知道的。

"九一一"事件的时候,袗子来我家了。她家里没有电视。

家里有客人来的时候,我还是会关电视的。

那时电话响了。"妈妈,快点开电视!!"我拿着电话打开电视,双子塔的第一栋已经倒了,冒着滚滚浓烟。紧接着,第二栋也被飞机撞上了。

"太夸张了。"相距两百公里的两部电话里的人异口同声地说。

袗子也安安静静地看着。

然后,她开口了:"啊,哥斯拉的电影原来是这样拍出来的啊。"

时间过得越久,我就越觉得她说得对。她安安静静地生活在自己看得见的范围内的世界里,有着她自己的不可动摇的世界观。而我都快成了信息的垃圾回收站。

电器商店的人来我家给我安装新买的电视。打开电视,最初出现的画面是味噌鲭鱼,鱼块看起来跟坐垫差不多大,真是吓我一跳。

我家的客厅太狭窄,而电视太大了。

当有人进来,发出"哇,这电视怎么这么大"或者"好大呀"这样的感叹时，我就会很不好意思。

即使是独自看电视的时候，每次看到亲密镜头的特写，我都会侧过脸去。即便那个画面没有那么大，我也会侧过脸去。看到接吻或者性交的画面，我都会感到恶心，就仿佛自己曾经做过的这些事情都是假的。

我以为是因为字太小了我才看不清楚字幕，后来发现原来是播音员的说话速度加快了，所以字幕很快就消失了。人们的性子越来越急了。以前一部电视剧能播上一年，后来慢慢地就变成了半年、四个月，现在已经只要三个月就播完了。

这个情况是我从阿川佐和子那里听来的。佐和子在电视台工作，应该说得没错。

佐和子还没进入电视台的时候，跟现在的她完全不像是一个人。一想到能够跟名人见面，我心里就激动不已。

她真聪明啊。脑袋总是非常灵活，气质也很温和，真厉害。

当有人问："阿川女士开的是捷豹啊。"她总是平淡地回答："嗯，是捷豹。"当然，我开不起捷豹这样的车，不知道为什么，即便有钱，我也会觉得坐捷豹让我有种羞耻感。我为什么会有这样的想法？跟佐和子告别之后，我一直在思考这个问题。

我想，难道这是因为成长环境不同吗？应该也有年龄差异的原因。人的成长环境确实很重要啊，那是无论如何努力，都没办法改变的东西。

成长环境是一个人的原点，是无论如何也摆脱不掉的。即便觉得自己好像摆脱了原点，那些在身上保留了几十年的东西，仍会像气味一样，看不见地向周围不停散发着。因此我讨厌民主主义。

果然，还是划分成 A、B、C、D 之类不同的社会阶层让我觉得更安心。我就是最底层百姓的孩子，有着相应的做人做事的基准。

我买了普拉达的包，却寝食难安。每当我在包里翻东西时，我都觉得这个包跟我的气质不相符。

家里来了几个人，玄关上乱七八糟地散了一地的鞋子，其中有一双印着普拉达红印的鞋子。

我正想着"是谁这么张扬啊!!"，忽然发现原来是我自己。绝对不要做和自己的气质不相符的事。会很悲哀。

我好不容易买了大电视，打算去录像店租几部电影来看。

我虽然是个女人，却尤其喜欢看战争电影。战争片专柜上的电影，我几乎全看过了，没有其他可借的了。如果可以的话，我想更进一步了解一下第二次世界大战，还有越南战争。这可不是因为我喜欢战争，而是我想知道为什么人类会一直重复犯这么愚蠢的错误，为什么会一再重复这样的悲剧。

另外，我还一直在想，男人们可真是一群好人啊。参谋大概会是个很好玩的职位吧。打开世界地图，制订作战计划，战争对他们来说，几乎就是在虚拟世界里玩耍，根本看不到血浆。没有比这更好玩的游戏了吧。

在这种虚拟世界里作战，跟前线完全没有关系。在前线的都是些身份卑微的战士，是一个个活生生的人。像乃木大将 [1]，他的一个失策就导致六万士兵白白送死。

身份卑微的战士或者身份并不卑微的军官，即便知道会流血，知道会战死沙场，还是义无反顾地赴死。真是一

---

[1] 乃木希典，日本陆军大将，对外侵略扩张政策的忠实推行者。

群好人啊。如果把女人编成军队的话，恐怕大家要么就逃
跑，要么就投机耍滑，要么就搞内讧，比起敌人，反而更
需要防备自己人。要是把平日里互相看不惯的人，或者妻
子与情人编进一支队伍，可能会更可怕，因为不知道什么
时候就会被自己这方的人从背后捅上一刀。女人间是没有
什么大义可言的。

　　当然，现在世界上也有很多女兵队伍，也许她们跟男
人一样，只是想展示自己的力量吧。这样一来，男女的区
别岂不是就慢慢地淡化了？大家都只是人而已。

　　女人曾经被称作"生育机器"，要是因为被这么说就
歇斯底里，岂不是太没有女人的风范了？只要说着"是啊，
是啊。男人也只不过是种马而已。男人比机器还要不如。
对，请继续加油"这样笑着敷衍不就好了。

　　不用动不动就喊"生育的自由""不生育的自由"，孩
子是上天赐予的宝藏。既然是宝藏，不就应该大家一同抚
养吗？也不需要叽叽喳喳地定义孩子健全还是不健全。即
便只有健全的人，这个世界也不会风平浪静哟，而且觉得
自己健全说不定还只是自以为是呢，根本就没有真正的健
全这么一说。

我到底在说些什么呀?

我看了《父辈的旗帜》《硫黄岛的来信》等电影,都是讲述战争有多么愚蠢的反战电影,克林特·伊斯特伍德[1]真了不起。可是,美国依旧不停止伊拉克战争。为什么呢?果然你们这些人还是喜欢战争吧?如果日子一派和平安稳的话,你们心里就会不舒服,不搞点事情出来,你们就心里痒痒对吧?

我过去想过一个好点子。把六十岁以上的痴呆老人和病人通通拉去参军吧。这样他们根本就顾不上杀人了吧。

敌人也是一样的。退休金的问题这不也顺带解决了吗?多买点保险再去吧。为了国家,光荣地死去吧。不给走不动路的老人们饭吃,把他们活活饿死,岂不是比这残酷得多?我到底在说些什么呀?

在我目前看过的战争电影中,最可怕的是《阴谋》这部电影。整部电影没有出现一幕战争场景。柏林郊外一片叫格吕讷瓦尔德还是什么的树林里下着雪,镜头从高处俯拍着这片树林。树林的正中间是气派的建筑。这里曾经是

---

[1] 美国演员、导演、制片人。

犹太人居住的地方。一辆、两辆、三辆、四辆黑色的奔驰聚集到那里。以俯视的视角来看，是一幅漂亮又惊悚的风景。黑白镜头之后，十七八个德国的参谋召开一次又一次的会议。场景一直都在一个房间里，好似一出舞台剧。

就是在这里，参谋们酝酿出了一个灭绝犹太人的阴谋。具体的内容我忘记了，也不知道为什么希特勒没在场。约瑟夫·戈培尔[1]还是谁来着，一直在进行宣扬纯正民族血统的演说，不停地鼓吹日耳曼民族的优越性，然后旁敲侧击地贬低某个民族污染了日耳曼优秀的血统，明明谁都没有说犹太人怎么样，但慢慢地话题就到灭绝犹太人这个决定上了。

这部电影就这样靠着语言一点一点地将剧情向中心推进，虽然我听不懂德语的微妙差异，但是可以感觉到用词在慢慢地靠近"灭绝"这个词。在这途中，一名比较胆小的秃头军人还跑去厕所吐了。

"犹太人"这个词，"灭绝"这个词，"毒气"这个词，都没有出现在这场会议中，但这场会议中的全体成员却一

---

[1]　德国政治人物。其担任纳粹德国时期的国民教育与宣传部部长，擅讲演，被称为"宣传的天才"，以铁腕捍卫希特勒政权。

致通过了导致二十世纪最大悲剧的决议。没有比这更可怕的战争电影了。全程惊悚无比。

人们为了不要让战争重现而看电影，但是看电影的人却追求着战争带来的刺激。那沾满鲜血的战场上，那回响着呻吟声的地狱中，有着纽约第五大道上看不到的生命的终极光辉。这是个很矛盾的问题。

在日本，农村家里的第二个、第三个儿子都会志愿加入军队，这样能减少家里吃饭的人口。现在美国也是一样。军队里只有一个人来自国会议员家庭，其余全都是贫困的底层人。这是我在摩尔[1]导演的《华氏9/11》这部纪录片中看到的。演员名单中主演一栏写着"乔治·布什"。我这些零碎的信息全都是从四十寸的电视中看到的。我这个六十九岁的老太太，在这个远东的小岛上，看着这些将各种信息编辑起来的电视节目，无论我是愤怒也好，大笑也罢，这个世界都不会有任何改变。我就像中学一年级的学生一样，思考着"人为什么要活着"这样的问题，到底也得不出个答案。人是如此无力，最后都只是随遇而

[1] 迈克尔·摩尔，美国作家、演员、编剧、导演。

安地活着罢了。

后来，我学会了打麻将。大约二十年前，我曾打过一次麻将，但是麻将并不适合我，而且我记性也不好，后来也就没人愿意再跟我打麻将了。再后来，据说麻将可以治疗老年痴呆，于是我又捡了起来。

我总是能凑齐三个人。不过，谁都算不清点数。于是，我又叫了算得清点数的人来。

我叫上了大山先生。大山先生的麻将打得太好了，我们几乎转眼之间就输了。

平和、断幺、听牌、宝牌、里宝牌、碰等等。这些我虽然闻所未闻，可貌似都只是些基本操作。"不要把私人物品放在牌桌上！"大山先生瞪了我的打火机和香烟一眼。好的，好的，其他成员赶紧倒好烧酒，然后把酒杯放在地上。我明明牌技很烂，却又贪图手牌的牌面工整美观，结果只会去凑大三元、清一色这样的牌型。

不知道为什么我就是喜欢万子牌。也喜欢中、白板、发，动不动就碰牌。我只惦记着自己的手牌，把感觉无论如何都用不上的宝牌打出去后，大山先生小声地教训道：

"宝牌是死也不能丢掉的。"又接着说:"和了!"原来大山先生正等着宝牌呢。

我虽然打得很烂,却又看不上一千点的小和,总是惦记着和一局大的。

我在进大学之前,并不知道世界上还有麻将这个东西。我们家里,父亲很讨厌大家进行娱乐活动,又或者是我们其实根本没有这个空闲时间。进入大学之后,我一直以为打麻将的同学都是不良少年,觉得麻将是通往黑社会的入口,因而一直退避三舍。

我在同学家里借宿的时候,附近某个大寺庙住持的儿子和一个五金店店主的儿子,还有某大学的全学连委员长也在。他们约好了去庙里打麻将,我也跟了过去,不过只是一个人在一旁玩自己的。很快,那面就响起了"听牌,听牌"的声音。每次听到这个声音,我都会吓一跳,因为我父亲的名字叫利一 [1]。不知为何,总感觉好像是父亲在被人随便呼来唤去似的。还有"吃""碰""门前清""绿一色"这些根本不像是日语的发音,"万子"听起来更是像什么不

---

[1] 日语中"利一"和"听牌"发音相同。

堪入耳的词，我真是越来越不喜欢麻将了。

后来，寺庙住持的儿子和五金店店主的儿子都喜欢上了我。我可能那时候还没到发情期吧，一句轻描淡写的"不要"就拒绝了这两个年轻的男孩。我那个时候，可能连被人拒绝会感到受伤这件事都没有注意到。

岁月就像梦一样，或者说像噩梦一样，悄悄从指尖流走。我年近七十，偶尔还是会开车经过那栋大寺庙。明明已经离过两次婚，我还是会在经过大寺庙旁时，不由得感叹道，真是可惜，如果我嫁到这里来的话，人生又会如何呢？说不定只是会再多离一次婚吧。

那个时候的我，连牌都没有摸过。

儿子二十五六岁的时候，我因为自律神经失调症和抑郁症，像大便色的菜虫一样窝在家里。那段日子，儿子的朋友会来家里陪我打麻将。那时我觉得麻将难得离谱，我的脑袋里大概是没有打麻将的功能。虽然我是打得很笨的新手，但是这些孩子还是要跟我赌钱。于是，我就不断地输钱。虽然这样，我还是很感谢这些来陪我打麻将的好心年轻人。

"零花钱用完了，去老太太那里敲点钱来吧。"这话是从其他年轻人那里听到的。我也只是无力地笑笑。虽然一直不停地输钱，我的麻将水平却完全没有长进。

五六年前，我在北轻井泽发呆，有朋友提议说："好像也没什么事干。真闲啊。要不我们来玩你比画我猜吧？"六十来岁的老太太们就开始做出各种动作，像"中药"这种词出现的时候，就真是好笑极了。但我们玩了一个小时就玩腻了。其中一个朋友又提议："咱们打打麻将吧。你也会一点对吧。"我一看就能看出这女人的性格和思维都是麻将式的，就觉得有点讨厌。外面静静地下着雪。我们沿着雪白的山道，到很远的上田买了副麻将，我还买了书。

我一边看书一边开始打麻将，果然如我所料，这个女人的脑子就是为了打麻将而存在的。我一直输，一直输，输到后来，心情就像抑郁症发作时一样，生不如死，已经麻木了。

也不知道是好是坏，我也赢过一把大的。

我自己也不明白为什么我一直输。那个女人的眼神明显是在把我当成笨蛋，毫不掩饰轻蔑的态度。

和了个"大三元"，连我自己都大吃一惊。"真好呢，洋子你下次说不定能和个大四元。"不过，笨蛋就是笨蛋，我之后没再和过了。

在这期间，据说在关西女子麻将大赛上获胜过的女人来了。确实很厉害，但她不会算点数。原来不会算点数也没事啊，只要能赢就行了。大山先生倒是立刻就能算出来。

我买的这台大电视好像有电影、戏剧等各种节目的频道，我拿着遥控器换一圈台，居然还找到了麻将频道。

于是，我就躺在床上，看那些知名人士打麻将。看起来就像变魔术一样，想来什么牌就来什么牌。可是，知名人士们看起来却一点也不开心。安静，一片安静，这种鸦雀无声的感觉让人觉得阴森森的。打麻将的乐趣不就在于大家可以闲聊吗？演员萩原圣人[1]混在这群专业选手之中。这段时间我没怎么看见过他，没想到他给《冬日恋歌》的裴先生配完音以来，居然在这里打麻将。专业的麻将选手一般都长着跟麻将牌一样的正方形的脸，再涂点油，在阳光的照射下，整个面部就像肿了似的。萩原也是一个好男人。我今年的男人就选萩原吧。

---

[1] 日本演员、配音演员。

　　我虽然明知自己会输，但还是会竭尽全力直到最后。不能放弃。我觉得逃避人生是可耻的，凡事都不能半途而废。现在我明白了，原来专业人士都望着远方。他们紧紧盯着远方的希望。不知道人生的途中会发生什么事情，所以不能只顾眼前的欲望。要一边望着远方的美景，一边好好地活在当下。通过观看这些专业人士打麻将，我明白了这个道理。我就这样一直看着麻将频道。

　　我前天又打了麻将。学到了专业人士的内心哲学后，有生以来我第一次大获全胜。

　　"喂，你今天运气有点好哟。"麻将女语带嫉妒地说。

　　"不是运气好，是技术提升了。"

　　我们又接着打。麻将女和了个一千点的小牌，在一旁带着轻蔑的眼神说："我和了个这么小的牌，你是不是看不上？"

　　"没有那回事。"

　　"你那眼神明明就是在把我当傻瓜。"

　　"对的，我就是把你当傻瓜来着。"——啊，好开心。

　　晚上睡觉的时候，我梦到一副又大又漂亮的牌自动排成一列，排好之后又消失。这种事情是我人生中第二次经历。之前沉迷和服的时候，那些我买不起的和服就会出现

在眼帘里，然后轻飘飘地一件一件从眼前滑走。结果这回，
我又迷上了打麻将这么愚蠢的事。啊，我真是讨厌自己。

我去录像店租了两部《丹下左膳》。

一部是中村狮童主演的，另一部是丰川悦司[1]主演的。

两个版本的内容是完全相同的。

"原著：林不忘"的字样出来了。啊，我只知道名字。
他是很久以前的作家了，他的书我一本都没有读过。

两部电影的内容完全相同，连两位主演穿着的和服都
是一样的，他们都饰演一个独眼混混，穿着白色和服，里
面有红色全衬，摇晃着肩膀，露出两条毛腿。接着混混开
始疯狂砍人。真是个无聊的故事，无聊到让人说不出哪个
版本更好。但能看到我现在很喜欢的狮童，我就满足了。

三谷幸喜的《HR》这部电视剧中的狮童同样是一个小
混混，非常可爱。在歌舞伎的表演中他还会扮演女性角色，
倒下的时候是以像女人一样的姿势倒下的，这一幕无论看
多少回我都觉得妙不可言。

---

[1]　日本演员、导演、编剧。

2007 年夏

痛　快　的　日　子

年轻时候的我，内心也如花朵一样绽放过吗?

× 月 × 日

　　冈本加乃子[1]在晚年的时候说："……我终于活成了如
花一般的生命。"年轻的时候，我还不懂这句话的意思。有
可能因为冈本加乃子是一个怪人，所以她才会沉溺于欲望。
毕竟她能做出跟老公一平和年轻情夫同居这样的事情。

　　年轻时候的我，内心也如花朵一样绽放过吗？

　　不知不觉中，真的是在不知不觉中，等我回过神来，自
己已经过了六十岁。我完全忘记了什么是如花一般的生命。

　　现在，内心不再躁动之后，我反而觉得活得好轻松，

---

[1] 日本作家，代表作《老妓抄》。

啊，男人什么的已经受够了。

社会的风气也开放起来了啊。

看到那些年纪轻轻你侬我侬的情侣，我就会想，你们也就只有现在会这样陶醉在爱情中而已，那是因为老天特地创造出来了男女合体时那段疯狂的时间。如果没有了这种错觉，男女又为什么要结合呀？尽情享受恋爱这种病吧。越是病入膏肓，烦恼就越多，同时快感也会越发强烈。

过去，因为这个恋爱病，还有人搭上了性命哟。

然后，由《婚礼进行曲》和切蛋糕的仪式将病情推向了顶点，不知道当事人是否知道，这一刻一辈子的笑容都会消耗殆尽。还是想象力不足啊。比起去参加老年人的葬礼，我更加讨厌去参加婚礼。婚礼总是会让我感到深深的悲伤。因为生活将从此变得与如花般的生命无缘了。生育是很严肃的话题，虽然分娩的疼痛如同死亡，可没有孩子的家庭又算不上真正的家庭。即便提交了结婚申请书，没有孩子的话，也只是叫作住在一起而已。是不是叫同居更好一些？毕竟是正式的妻子，享有各种相关权利。

生活就是不断重复各种无趣的工作。可是，没有这些杂事，人生又无法继续下去。如果哪一天生命又如花般开放了，那多半就是出轨了，在像我这样的老太太看来，基本上跟犯罪是一样的。不过，也许现在人们的观念不一样了。我从十八岁的时候就明白，几十年的夫妻生活肯定很痛苦。可是，忍受这份痛苦，只是为了老有所依，为了当两人的生命都不再如花般绽放时，还可以肩并肩在庭院边上，喝着茶，想着给对方剥个柿子。

那个时候，老太太已经原谅了老公的出轨，以很平和包容的心态，心想这个人已经离不开我了吧，看吧，他还是回到了我的身边。

老头儿尿尿变得断断续续，因为在女人方面惹了许多麻烦，有了这个小辫子之后，脾气小了不少，开始听老婆的话了，然后夫妻俩一起发呆，安享晚年。大家都忘记了外面的花花世界。通过岁月构筑起信赖，克服各种花花世界和狂风暴雨后，迎来一起发呆的日子，人就是为此才结婚的。在这些杂事之中，两个人一起怀着无条件的爱养育儿女。后来，儿子娶了老两口并不看好的女人做老婆，生了孙子之后，也不多来看看父母。心中那些说不出口的想法，就如同喝了同一杯水一样，两人心知肚明。虽然我十八岁的时候就知道，人就是为了这个才结婚的，可我还是离了两次婚。人们可能会觉得是因为我的人格有问题吧。
我想确实是这样，我对自己的人格也并不完全信任，甚至
有些厌恶。

等我回过神来，我已经快七十岁了，太晚了。

比起把男人变成恋人，我是一个更喜欢把男人变成朋
友的女人。也因此，我有很多男性朋友。渐渐地，连带着
我们各自的家人也都成了朋友。

过了六十岁之后，我们偶尔会聊到：

"没跟你睡真好，如果睡了，恐怕就没法做朋友一直做
到现在了吧。"

"真的是啊。"

"如果睡了的话，就不得不断绝来往了。"

"我们俩真聪明啊。"

虽然不知道是不是真心，但确实有男性这样跟我说过。
真的。可能多少有点违心吧。这时候，我感觉自己好像可
以理解那些色老头儿了。那种色老头儿对着年轻女孩流口
水的心情。

我自己成为老太太之后，一旦跟我差不多年纪的老头
子热情地靠近我（假设有这种情况），我就会反射性地想，

喂喂，你可是个老头子呀，别太过分了呀。你看看自己，头发都没了，身体臃肿，满脸都是皱纹，可省省吧。然后我又猛地意识到我自己也是个老太太了。别人连"你看起来比实际年龄要年轻"这种恭维话都没有对我说过。

我没有像灯笼鱼一样把眼睛挂在脸前面就已经很好了。

无论如何，我的内心都已经不再有花绽放了。

就连比我年轻十岁的男性，也都快六十岁了。还行呀——当我这样想的时候，下一个瞬间，我就会冒出"对不起，是我想得太美了"这样的念头。

我觉得，二十岁的男性跟三十岁的女性谈一场如花般的恋爱还让人可以接受。可是，相差十岁的年近七十岁的女性和年近六十岁的男性就还是算了吧。哪怕太阳打西边出来，世界上大概都不会出现这样的奇迹。年近六十岁的男性仍然会被年轻女性吸引，越年轻的女性对他们的吸引力就越强，这没什么不可思议的。

不过，老头子如果想要受欢迎，也只能靠金钱和名声。

女性之中大概也有拥有金钱和名声的老太太。这时如果年轻男性靠近她的话，哪怕他是真的纯情，人们也都会觉得他另有所图吧。

乔治娅·奥基弗[1]就是人过九旬后，还有一个二十多岁的恋人。这是例外，不算是奇迹。伊迪丝·琵雅芙[2]有年轻的爱人，也是例外。例外并不是奇迹，只是特别的个例而已。可是，这种例外绝对不会发生在普通的老太太身上。

忽然有一天，我发现我就这么跟如花的生命毫无关联地度过了几十年人生。

大家明白韩流是什么了吧?

韩流就是将虚构的美丽用扭曲的方式激发出来。因此，我也沦陷了。哎呀，这一年真是快乐。这一年里，我侧躺在床上，把如花的生命献给了裴先生、李秉宪、柳时元[3]他们，连下巴都错了位。医生问我是不是一直保持同样的姿势，我瞬间就明白了。回过神来，我发现自己就像是吃了太多巧克力后，看见巧克力就想吐的小孩子，现在想起韩剧就直犯恶心。

全日本的大妈，你们现在怎么样了? 都已经变成老太太了吧。

---

[1] 美国画家，代表作《黑色菖蒲花》《通向月亮的梯子》。
[2] 法国歌手、演员。
[3] 韩国演员、歌手。

刚才我翻抽屉，翻出了一个卡片匣，里面放着正微笑着露出洁白牙齿的裴先生的照片。我吓了一跳。

儿子说："真过分，再怎么说也是爱过一次的男人吧。"

那是我去济州岛的时候买的。韩流热潮冷却之后，我那如花的内心也跟着灰尘一同死去了。

就算它死去了，我的生活也不会受到任何影响。

我儿子也快四十岁了。

我现在的生活自由自在，十分幸福。每天能跟一群同龄的老太太一起看着参议院选举速报就是我的幸福。

民主党真是大快人心。

电视里，某人一脸狂喜地登场又退场，过了一会儿又登场。

一起看选举的朋友问我："喂，喂，如果那个老头儿每天都到你家来，那怎么办？"

"不要啊，难道要我天天听那么丑的人说'我回来了''喂，我要洗澡'啊？"

"是啊，我也不愿意。"

赤城大臣[1]贴着创可贴，一脸穷酸模样地走出来了。

---

[1] 赤城德彦，日本政治家，前农林水产大臣。

"渡边怎么样？""那个人的脸上涂着什么油呀？""好像不是植物性油脂。""废话，那当然了，肯定是自己分泌的油脂呀。""政治家真是一个越干越精神的职业呀，这个年龄还这样神采奕奕。""是当政治家后变得这么精神又结实的，还是有精神又结实的人才当得上政治家呀？""两种都有，两种都有。"最后我们对自己的状态感到了惊讶。

刚才那个人虽然露面了，但是名字没有打出来。"啊，这个这个。""哎，他叫什么名字来着？""忘记了，啊，真烦。一秒钟不到就给忘了。"

我们这群快七十岁的老太太，对着年龄差不多的政治家们一顿评头论足。"真讨厌，这样一个糟老头。""为什么明明没几根头发，还要往前面梳成那样？""他想怎么样？""大可不必，大可不必。"这就是我们平民的快乐。

"安倍这个人，说不定其实是个大傻瓜。他从来都弄不懂现场的气氛，太迟钝了。他身边的人都觉得他是一个木讷无能的人。""真讨厌他。""为什么？""没什么，就是很讨厌。""至少长得还好吧。""还是讨厌。"说起来，好像从来没有人说过喜欢安倍。

可是，再怎么盯着这些选举速报上的男人，我们这些
老太太内心还是不能如花般盛开。

NHK 有个节目叫作"汉诗纪行"。那些连我都如数家
珍的杜甫、李白的古诗，被江守彻[1]用浑厚得令人脸红的声
调朗读出来。

节目将中国的水墨画添上了色彩作为背景，展现出悠
悠的山川风貌。以前在我的家里，如果纸拉门破了，父亲
就会用毛笔写一首唐诗贴在窗门上。

父亲曾经拿着纸笔，给母亲的父亲，也就是我的外
公，写了封求婚信。据说外公就是看上了这工整漂亮的笔
迹，才决定把母亲嫁给父亲。所以，写得一手好字这件事
一直让父亲引以为豪。江守用他那浑厚的声音朗读着"有
朋自远方来，不亦乐乎""一杯一杯复一杯"。我突然怀念
起已故的父亲来，于是把 NHK 的《汉诗纪行 100 选》十
部 DVD 全都买了下来。

已故的父亲，仿佛跟我肩并着肩，一起听着"田园将

---

[1] 日本演员、播音员、剧作家、翻译家。

芜胡不归"。想来，我那已故的父亲是因为喜欢喝酒，所以才这么喜欢李白吧。以壮丽的中国水墨画中的大好河山为背景，这个雄壮浑厚的声音在朗读着。已故的父亲啊，你看到了吗？你听到了吗？父亲生前经常在喝酒之后突然兴起，吟诵"温泉水滑洗凝脂"。

父亲的生硬声音真不适合用来诵读古诗啊。

所有的艺术都是带着色情成分的。

我是不是也在江守彻的朗读声中寻求着如花的内心呢？

我容易很快就迷上一件事物。继古诗之后，我又迷上了三谷幸喜。他那些早期的电影、电视剧，我通通看了。

为了能重温这些电影、电视剧，我把这些作品的 DVD 全都买了下来。

每次重温，我肯定会相中剧中的某个人物。在看《HR》时，我就喜欢上了里面那个扮演木工的人。我把《奇迹餐厅》这部剧看了又看，只为多看上几次剧中登场的松本幸四郎 [1]。另外，看《古畑任三郎》时，我必定会喜欢上犯人。

---

[1] 日本歌舞伎演员。

当犯人是女人的时候，任三郎那做作的姿态看起来都是那么充满魅力。

宫藤官九郎[1]我也很喜欢。

不过，我想不起我现在着迷的电视剧叫什么了。怎么都想不起来，我的绝望、悲伤和气馁也随之而来。

还有一部剧讲的是某某人二十七岁时成了黑道家族的继承人。也不知是因为他有点傻，还是因为他是个不良少年，后来他去重新读了个高中。他白天穿着校服，晚上又变回黑社会少年，身穿黑西服，脚蹬白皮鞋，率领着比自己年纪还大的小弟们，大摇大摆地走在夜晚的大街上。

我真的非常喜欢他。他看起来简直美极了。可我想不起这部电视剧叫什么了。

那个时候，我如花般的心完全被他吸引了。就在那段时间里，我又长了一岁。

然后到了正月，对了，今年我这颗躁动的内心又要献给谁呢？

啊，我之前想到过一个人选，现在已经忘掉了。而当

---

[1] 日本编剧、导演、演员、作词家、吉他手。

下的这些年轻男孩，在我眼里全都是一个样子。

因为在我眼里都一样，所以我分不清他们的名字。女孩们更是如此。唉，我是不是已经被当今这个时代抛弃了啊？

让我重温一部老电影吧。

我看了《卡萨布兰卡》，在里面，亨弗莱·鲍嘉[1]演的角色名叫瑞克，英格丽·褒曼[2]演的角色名叫伊尔莎。

鲍嘉目送褒曼时的身影和他丢掉烟头的最后一幕，比起不良青年，更能撩动我如花的内心。

爱看老电影，也就是说，我大脑中吸收新信息的脑细胞已经死完了吧。现在，在医学上，一个人在脑死亡的时候，就会被认定为死亡。我可能已经半截入土了。

同样一本书，我买了两次，读到最后才发现自己已经读过了。

在佐藤家里，我看了一部老西部片。电影结束的时候，佐藤说："啊，我现在才发现，我已经看过这部电影了。"

嘻嘻嘻，我有点高兴。

"喂，真里，你看那个是什么？"

---

[1] 美国演员。
[2] 瑞典演员。

"只说'那个'，我怎么知道你说的是哪个。"

"就是那个呀，那个。"

"都说了我不知道是哪个。"

但有时候她也能明白我的意思。

"真里，把那个拿过来。"

"知道了。"

"那个""这个""那里""这里"，我们的对话全是代词串起来的。

同龄人一聚到一起，就是各种"那个""这个""你误会了""你搞错了"，一群人都是一副半死不活的样子。

大家那蓬勃的生命力都去哪里了？

不过，佐藤还能说出"这个照片上的美女是某某某"这种话，我想，男人或许一直都有着一颗如花般绚烂的心吧。坐电车的时候，我注意到，那些年轻漂亮的女孩面前肯定站着老头儿。

那些老头儿都是不知不觉地被吸引到年轻女孩旁边去的吧。

老头儿走到女孩面前，女孩注意到，就会给老头儿让座，老头儿就会不好意思地点点头，含糊地给女孩道谢。

看到这里，我心里就咯咯发笑。

老太太就不会被年轻美男子吸引过去。

老太太在换手拿包或者看向窗外的人面前站定，为的就是等这个人下车后，自己可以坐下。

比起躁动的内心，老太太更加实用主义。

色老头儿的存在是得到公认的。

可是，色老太太就会被当成疯子。

前段时间，我想起有件事要做，突然站起身来。

可刚站起来的瞬间，我就忘记了我想做什么事情。

于是，我只能茫然无措地站着。一天中要发生好几次这种事情。每次我都只是这样呆呆地站着。

我发现我的母亲呆呆地站着的时候，正是我母亲的痴呆刚刚开始的那段时间。

我有个朋友每次这样呆呆地站着时，就咚咚咚地敲自己的脑袋，说着："是什么来着？是什么来着？"想起这个朋友，我多少松了口气。

年轻时，只要有男人在就会卖弄风骚的那个女人，现在也已经是个老太婆了。她现在怎么样了？还在搔首弄姿勾引男人吗？如果她还是这样，真想去看看啊。

　　我最喜欢的服部小姨已经年过九旬，但是依旧很可爱，脑袋也很灵光。她性格开朗幽默，跟我母亲同龄。我母亲已经痴呆十年以上了，一直躺在床上。服部小姨会一直这样神志清醒地走到生命的最后吗？

　　人生真是残酷。

　　有段时间，服部小姨接连给我寄来了好几箱柑橘。她大概是忘记之前给我寄过了吧。我很受打击。

　　那是盂兰盆节的时候。

　　我把订购的盂兰盆节礼物在备忘录上列了张表，然后把这张备忘录放进了抽屉里。

　　过了两三天，我打开抽屉时看到这张备忘录，这才想起自己已经给其中三人送过礼物了。我还不到七十岁，差点做出的事情却跟九十岁老太太差不多。

　　服部小姨九十岁之后都还是那么可爱，风韵犹存。

　　那位小姨是怎样使用她那如花般绚烂的内心的啊？

　　小姨曾经教过我很多山上野草的名称。

　　我当时一个一个地记在心里，非常开心。

　　而且，我还让小姨把别墅中的野草分给我了一些，我把它们种在自己山上房子的院子里。

我有两年左右没去山上的家里看过了。

我一直很挂念我的莲华升麻和山桔梗。

来了之后，果然不出所料，这里已经杂草丛生。

于是，我赶紧开始拔草。当时那么用心记的野草名称，我已经忘得差不多了。

"那个粉红色的是什么花来着？""……""这个黄色的是什么？""……"

"这不就是莲华升麻嘛。""还没有开花吗？这个又是什么来着？""杂草。昭和天皇说过世上没有哪种草是杂草。"我嘀嘀咕咕地说着废话，内心像是蒙着一层浓雾。这就是"悲哀"吗？

小小的○○○长了一大簇。面对着小小的生命，一丝喜悦涌上心头。

对面的□□□已经长得那么大了啊，颜色也这么鲜艳，真是让人吃惊。

我兴奋不已。

○○○也好，□□□也罢，都长势喜人。我内心的花朵也跟着它们一同绽放。我高兴得想在原地旋转起舞。

这就是"如花一般的生命"吧。

木村拓哉[1]算什么？×××算什么？都不需要。

紫色花纹的凤蝶停在虎皮兰上轻柔地扑扇着翅膀。

喂喂喂，宇宙真是洋溢着蓬勃的生命力与如花般绚烂的生命啊。

这些生命比任何俊男美女都更让人心生怜爱，更让人觉得有力量。

傍晚，下起了暴雨。

猛烈的雷鸣和闪电简直像要把家给掀翻。

雷鸣在此刻也散发着强烈的生命力。闪耀吧，怒吼吧，来得更猛烈些吧。

我很快忘记了晚上睡觉时的雷鸣是昨天还是今天的事了。仔细想一想之后，我才想起来是今天的事。

这一章就请当作研究痴呆老年人现状的报告来看吧，供各位参考。

---

[1] 日本演员、歌手、配音演员。

2008 年冬

痛　快　的　日　子

─────────────

死亡的意义不在于自己，而在于他人的离去。

×月×日

笑笑堂来了。我从来没有见过笑笑堂精神抖擞的样子。

他就像一具细长的尸体在风中行走，还不时要擤一擤
鼻涕。

他凡·高[1]似的胡须全都变白了，脸的骨骼跟凡·高好
像也差不多，但跟笑笑堂比起来，凡·高浑身散发着活力
和过度强烈的疯狂，品位很差。

我第一次看到笑笑堂的时候非常感慨，世界上居然还
有人可以活成这样。见过他，就感觉活着也不错，仿佛有
清风在身体里吹过。

_____

[1] 荷兰画家，代表作《向日葵》《星夜》。

笑笑堂是个旧货店老板,平时在北轻井泽的超市走廊里蹲着,一副很不好意思的样子,把货物码放得乱七八糟的。他总是微微笑着,完全没有干劲。

一本战前世界文学全集的孤本摆在店里,这个封面的版本我从没见过。

有一本叫《猫桥》的书,售价一百日元。还有一把小学一年级孩子用的木椅子,也是一百日元。我把这两样东西买了下来。

还有一个没有盖子的铜壶,不知道是用来沏茶的还是烧水的。

"这个多少钱?"我问。

他微笑着回答道:"送给你了。"

《猫桥》一点都不好看。椅子被我放在房间里,看起来觉得挺可爱。在铜壶里插上野花,倒是颇有风情。

笑笑堂一进屋就立刻横躺到沙发上。可能躺下之前坐了有大约三十秒钟吧。笑笑堂穿着件手工编织的小毛衣,衬衫下摆从毛衣里露出来。毛衣是红、绿、灰粗条纹图案的,袖子是六分袖。这身打扮非常适合他。我夸奖他的毛衣,他用听起来像是快要断气了一样的声音回答:"啊,这

是那个老太太给我织的。"说着，他又闭上眼睛。今天他
也皮肤苍白，闭上眼睛就跟一具死尸似的。比起之前还更
白了。

我问他儿子阿有："你爸爸是身体哪里不舒服吗？"

阿有差点笑出声来，说："没什么不舒服，他就是那
样子。"

听他这么回答，我就放心了。笑笑堂口中的"那个老
太太"就是他的母亲，他似乎很喜欢他的母亲。我刚认识
他的那阵子，他总是在提他的母亲。据他说，老太太什么
都往家里捡，老太太的老公是有名的医科大学的校长，老
太太的儿子们除了笑笑堂全都当了医生。

捡来的东西在家里堆不下了，笑笑堂就会做一个临时
的置物架。如果他母亲继续捡回来，他就再搭一个。

笑笑堂小时候有一次回到家，发现自己的房间变了模
样，好像是当时老太太跟木匠一起把房间给改造了。

还有一次，老太太捡来个新马桶，就在走廊的正中央
修了个厕所，还在这个厕所的左右各设了一扇门。在这个
厕所里，如果不抓紧两边的把手，都没法安心解手，因为
这个走廊是自己住家跟租户房间之间的通道。"明明之前就

有个厕所，非要新修一个。"笑笑堂继续说了下去。老太太
的双亲去世后，老太太就和她的妹妹一同把这片地继承了
下来。房子在整个地皮的正中间。妹妹觉得自然是要把原
来的房子推了，在空地上建两家的房子。但老太太却带来
工人，将整栋房子用锯子一分为二，就这么把原来的房子
留了下来。

几年前我亲眼见过这位老太太。那是在北轻井泽的一
场音乐会上。村里只有一个非常小的礼堂，礼堂的前排是
专供孩子们坐的小椅子，大人们一般都坐在地上。这时，
一位举止干练、精神抖擞但上了岁数的老太太忽然坐到前
方的椅子上。负责招待的女孩跟老太太说："这里是提供给
孩子的哟。"老太太回头大声叫道："我就是个孩子!!"直
到音乐会结束，老太太都一直坐在那个位子上坚决不退让。
我当时真心感慨："啊，人生在世还能看到这种事情，真是
有意思。"仿佛自己看了一出好戏，感觉赚到了。

据说，后来老太太又跟木工一起做了张她自己的床。
有点像棺材的一个长条状木头箱子，从墙上凸出来悬在半
空，她就睡在那里。果然人上了年纪以后，身体就衰弱了，
躺在床上的时间越来越多。不过她的脑子还是很清醒的。

"她会从那个细长的箱子里发出指令。"看得出来笑笑堂非
常喜欢这个古怪的老太太，说不定他是一个有恋母情结的
妈宝男。

笑笑堂是不是把活力这种东西全部留在母胎里了？他
就像一具尸体一样成天躺在沙发上。而且因为腿很长，所
以脚的部分还伸出了沙发，他就这样躺着，晃荡着他的脚。
今天，我还跟他就"虽然有性欲，但是没有精力"的话题
聊了很久。

笑笑堂来了之后，就凑够一桌麻将了。虽然他一副快
死的样子，但是麻将他还是要打的。开玩笑总是像发射机
关枪一样的竹右卫门，因为是自由职业者，所以每次聚会
都会参加。还有我那开奔驰的邻居太太也来了。

奔驰太太说她明天要去打高尔夫球，于是提前回了家。
骑自行车来的竹右卫门玩到夜里两三点回去了，笑笑堂聚
会结束后直接在我这里留宿了一晚。他在二楼的房间里像
死人一样一直睡到第二天下午。笑笑堂每次过来就已经耗
费了全部精力，连回家的力气都没有了，回家自然而然就
变成了第二天的任务。

笑笑堂的店好像在国立寺还是国分寺那边也有分店，

不过我还没去过。

他说:"我总是在店里堆满东西,客人很难进来。客人说'我要这个'的时候,我就会狠狠地瞪着他们说'要哪个?!'我好像很讨厌客人呢。"

上次来的时候,他问我:"佐野,你再过一年左右就要去世了,你不害怕吗?"

我一边心想,我才不要被这种行尸走肉问这种问题,一边回答:"没啥可怕的,反正人终归有一死。"

"可是,你为什么这么淡定,这么精神呢?真的不害怕吗?"

"有什么可怕的?死了我还挺高兴呢。死了之后就不用花钱,也不用赚钱了。不用担心钱不够花了,多幸运的事情啊。"

"不害怕?"

"我说了不害怕就是不害怕嘛。癌症这种病很好,该死的时候就会死。世界上比这严重的病多了去了。比如风湿病之类的,患者的状况只会越来越糟,疼得要死但治也治不好;还有尿毒症,要做人工透析一直做到死;或者脑梗死,患者一直躺在床上,话也说不出来;或者身体健康但是人痴呆了;等等。为什么只有抵抗癌症被称为'悲壮的战斗'呢?根本就不需要战斗嘛。我最讨厌战斗的人了。"

　　库伯勒·罗斯的《论死亡和濒临死亡》这本书里，把面对死亡的态度分成了五个阶段，包括愤怒、讨价还价、接受等。可是，我哪一个阶段都没经历。现在这个时代，据说两个人里就有一个人会得癌症，所以当我听到自己得了癌症的时候，也没有大惊小怪。我的乳腺癌是去看耳鼻喉科的时候被女医生发现的。之前听说乳腺癌是块豆子大小的颗粒，而我的左侧胸部只有个像年糕一样的硬块。耳鼻喉科的医生摸过后，让我赶紧去医院检查。于是我就去了离家六十七步远的那家医院做了检查，果然是癌症，我就做手术把乳房切掉了。手术后的第二天，我又走了六十七步溜回家抽烟。之后的每天我都回家抽烟。

　　住院一周后，我回到家中。乳房这种东西对我来说已经不是什么必需品了，还好切掉的是乳房。因为服用抗癌药，我的头发已经掉光了。那一年过得很艰难，我感觉不到自己还活着，好像完全成了一个废人，什么事都干不了。于是我就一直躺在床上看韩剧，看得下巴都歪了。

　　后来，没想到癌细胞转移到了骨头上，我在翻护栏的时候听到骨头"咔嚓"一声，就去骨科照了 X 光。给我做乳房切除手术的医生看了 X 光片后脸色大变，立马给我介

绍到癌症研究中心，癌症研究中心又给我介绍到现在的这
家医院。

　　我非常幸运。负责为我进行治疗的医生是一个非常帅
气的男人，像是膝盖以下被切了一截的阿部宽[1]。他总是满脸
笑容，不像别的医生那样端着个架子。我每周都会期待与他
的会面。七十岁的老太太也喜欢帅气男人，没什么错吧。

　　初次问诊的时候，我问医生："医生，我还能活多少
年啊？"

　　"如果进安宁病房[2]的话大概两年吧。"

　　"到死之前大概要花多少钱？"

　　"一千万日元。"

　　"明白了。那就不要使用抗癌剂了。我也不需要续命
了。让我过普通人的生活就好。"

　　"好的。"（之后，就这么过了一年。）

　　幸运的是，我是自由职业者，没有退休金，之前一直
想着如果我活到九十岁的话该怎么办，所以我一直以来都

---

[1]　日本演员、模特。
[2]　为绝症晚期患者特设的病房，会减少无效治疗，专注于减少病人疼痛和
进行临终关怀。

在勤勤恳恳地存钱。

在从医院回来的路上，我进了家附近的一家捷豹代理店，指着一台英国绿的车说："我要买这辆。"作为一名爱国主义者，一直以来，我说什么都不会坐外国车。

可是，当坐上捷豹的瞬间，我顿时心生感慨："啊，我这辈子一直在找的就是这样的男人啊，却到最后都没遇见。"安全带给我带来莫大的安全感。再没有其他多余的服务，可我从心底对它已经充满了信任。能在人生的最后坐上捷豹真是太好了。

我买了捷豹之后，遭到了身边朋友的嫉妒。"佐野跟捷豹完全不搭嘛。"听说有朋友在背后这样说我。有什么不搭的？因为我是贫苦百姓出身吗？如果你不甘心，那你也买呗，早点死就买得起了。七十岁去世就是我的理想。这个世上肯定有神灵。我肯定是被神灵宠爱的孩子。

因为我倒车技术实在太差，加上我的车库很窄，买了一周后，捷豹就变得坑坑洼洼的了。后来，我干脆就这样开着破破烂烂的捷豹出门，车的引擎盖上还有乌鸦拉的屎。

现在我什么义务都没有了。孩子长大成人了，母亲在两年前去世了，我也没有无论如何都要在死之前做完的工作了，况且我也没那么喜欢工作。被告知只有两年的寿命后，折磨了我十几年的抑郁症也几乎不见了踪影。人真是一种神奇的生物。

人生突然就变得充实了起来。我每天都开心得不得了。也许，得知自己将要死亡的时候，也就是人获得自由的时刻吧。

我要感谢我的父亲。

父亲很喜欢说教。每当吃晚饭的时候，他肯定会大段大段地说教。他曾经说："人啊，哪怕能治疗其心理扭曲的医生就住在隔壁，也不会去看；而为了治疗一根小拇指，哪怕走上千里的路程也要去治。"那时候的我心想，如果一个人心理扭曲的话，那么他就发现不了别人心理扭曲吧。他还说："有些人虽然只读了一本书，但还是被称作读书人。"

然后，昨天我很偶然地遇到了这本书——林语堂写的《生活的艺术》。

也许我就是个中国人吧。我兴奋不已，这本书让我回味了至今为止读过的书与经历过的人生。没有错过这本书，真好。

另外，父亲不下百遍地跟我们这些什么都不懂的孩子说："不要吝惜生命和金钱。"

可能就是因为这句话，父亲五十岁就在贫困中去世了。

我不相信生命是比地球更沉重的东西。

生命的分量对伊拉克的孩子们和花费上亿日元进行器官移植的人来说并不相同。

我不是个惜命的人。

哥哥在十一岁的时候，弟弟在四岁的时候，就像伊拉克的孩子一样死了。

失去孩子的母亲的悲伤也许比地球还要沉重。

笑笑堂小心翼翼地说："佐野，你先走一步，替我看看那边的环境。帮我也找个像现在这样能倚着的地方。"

我虽然可以平静地接受自己的死亡，但是，我却绝不想看着自己的亲密好友离去。死亡的意义不在于自己，而在于他人的离去。

我整天都精神饱满，心情舒畅，不知道我患病的人常跟我说："总感觉你会是最长寿的。"被这么说会动摇我面对死亡时的自信啊，好愁。

人真的是一种自我感觉良好的生物。仔细想想，其实我的人生中有很多让人感到羞耻得活不下去的失败瞬间，但即便如此，我还是感到"我的一生很精彩"。真的只有我一个人像这样合理化自己的人生吗？

我拜托笑笑堂："能帮我找五个章鱼唐草花纹[1]的，大概这么大的盘子吗？"我想在死之前，用一下自己喜欢的东西。另外，我还买了很多漂亮的睡衣，囤了很多想看的 DVD。

我现在最喜欢的男性是摩根·弗里曼[2]。我跟儿子说："摩根·弗里曼总是演好人呢。"

"是啊，那家伙如果演坏人的话，肯定很可怕吧，你看他的那张脸。"

啊，说得也是呢。

---

[1]　唐草是一种镰仓时代从中国传入日本的花纹，模样为卷曲的藤蔓形状。章鱼唐草花纹则是在卷曲的藤蔓花纹点缀上点，因形似章鱼的触须而得名。
[2]　美国演员、导演、制片人。

YAKU NI TATANAI HIBI by Yoko Sano
Copyright ©2008 JIROCHO, Inc.
All rights reserved.
Original Japanese edition published by Asahi Shimbun Publications Inc.

This Simplified Chinese language edition is published by arrangement with
Asahi Shimbun Publications Inc., Tokyo in care of Tuttle−Mori Agency, Inc., Tokyo

著作权合同登记号：图字 18-2020-243

图书在版编目（CIP）数据

痛快的日子 /（日）佐野洋子著；闫雪译 . -- 长沙：
湖南文艺出版社，2022.7
ISBN 978-7-5726-0650-2

Ⅰ . ①痛… Ⅱ . ①佐… ②闫… Ⅲ . ①散文集—日本
—现代 Ⅳ . ① I313.65

中国版本图书馆 CIP 数据核字（2022）第 066350 号

上架建议：文学·散文集

TONGKUAI DE RIZI
痛快的日子

著　　者：[日] 佐野洋子
译　　者：闫　雪
出 版 人：曾赛丰
责任编辑：刘雪琳
监　　制：毛闽峰
策划编辑：李　颖　陈　鹏
特约编辑：朱东冬
特约校对：陈思然
版权支持：金　哲
营销编辑：刘　珣　焦亚楠
封面设计：山川制本 workshop
版式设计：梁秋晨
出　　版：湖南文艺出版社
　　　　　（长沙市雨花区东二环一段 508 号　邮编：410014）
网　　址：www.hnwy.net
印　　刷：天津丰富彩艺印刷有限公司
经　　销：新华书店
开　　本：880mm × 1230mm　1/32
字　　数：152 千字
印　　张：9.25
版　　次：2022 年 7 月第 1 版
印　　次：2022 年 7 月第 1 次印刷
书　　号：ISBN 978-7-5726-0650-2
定　　价：48.00 元

若有质量问题，请致电质量监督电话：010-59096394
团购电话：010-59320018